Rennen im Schotternebel

Von Ulli Schwan

Buchbeschreibung:

Seit hundert Jahren erforschen die Menschen den Weltraum und erleben Abenteuer im Kooperations-Sektor. In ihm leben Dutzende raumfahrende Völker friedlich zusammen - und doch ist er voller Abenteuer!

Die Familie Ambrose fliegt mit ihrem Frachtschiff zwischen den Sternen und transportiert alles, von Kartoffelchips bis zu Dracheneiern. Es ist ein Markt mit viel Konkurrenz, die nicht immer fair spielt.

Als die Ambroses von einem Konkurrenten herausgefordert werden, nehmen sie ohne zu Zögern an. So starten sie in die Qualifikation des Djibril-Cups: der berühmten und berüchtigten Sternen-Rallye. Hier müssen sie halsbrecherische Rennen fliegen und gefährliche Aufgaben lösen. Die halbe Galaxis schaut ihnen dabei zu.

Teil 1 von 3 des Djribil-Cups.

Über den Autor:

Ulli Schwan schreibt seit Jahren fantastische Geschichten. Mit den KosmoKurieren kehrt er zurück zum Space Adventure: Abenteuergeschichten zwischen den Sternen.

Rennen im Schotternebel

KosmoKuriere

von Ulli Schwan

1. Auflage, 2025

© Ulli Schwan Alle Rechte vorbehalten

Coverdesign: Viola Marquardt

Verlag: BoD · Books on Demand GmbH,

Überseering 33, 22297 Hamburg, bod@bod.de

Druck: Libri Plureos GmbH,

Friedensallee 273, 22763 Hamburg

Die automatisierte Analyse des Werkes, um daraus Informationen insbesondere über Muster, Trends und Korrelationen gemäß §44b UrhG („Text und Data Mining") zu gewinnen, ist untersagt.

ISBN: 978-3-8192-2877-3

Für Mara. Du brachtest den Drachen ins Abenteuer
und Freude in unser Leben.

Kapitel 1

»Mom, Paps ... das solltet ihr euch besser mal ansehen«, sagte Nick Ambrose. Da seine Eltern nicht bei ihm waren, richtete er die Kamera des MultiArmbands auf den Gegenstand seiner Sorgen.

Seine Schwester Robin trat neben ihn. »Es schlüpft.«

»Ich glaube nicht, dass es gut ist, wenn ein zweihundert Kilo schwerer Babydrache auf unserem Schiff schlüpft.«

»Sehe ich auch so.«

Die Geschwister standen vor einem Ei. Einem weißgolden glitzernden, fünf Meter hohen Ei. Es hing in einem Netz, gut einen Meter über dem Boden. Von dem Netz spannten sich viele elastische Seile durch den ganzen Frachtraum; dies sollte verhindern, dass das Ei während des langen Fluges beschädigt werden konnte. Das hatte auch gut geklappt.

Nur wurde es jetzt von innen beschädigt.

Aus dem Lautsprecher von Nicks MultiArmband erklang die Stimme ihres Vaters. »Oh Mann, die Risse werden immer größer. Wenn wir den Kran benutzen, könnten sie aufbrechen. Nun gut, lassen wir das Ei schweben. Wir sind schon im Landeanflug auf Emila. Dauert noch fünf Minuten. Macht schon mal die Exobots bereit. Robin, du hilfst mir.«

Robin sah ihren Bruder an und zog eine Grimasse. Nick verdrehte die Augen – aus Enttäuschung, dass er keinen Roboter steuern durfte und wegen ihres albernen Gehabes.

Vor fast fünfzehn Jahren war Nick ganze zwei Minuten früher als Robin zur Welt gekommen, aber manchmal fühlte er sich wie der viel ältere Bruder – und der viel reifere. Warum also durfte sie ihren Vater so oft begleiten? Er wusste, wie man einen Exobot bediente, von dessen Technik verstand er sogar mehr.

Auf der anderen Seite, warum sollte er sich lange darüber aufregen? Es gab immer genug zu tun auf dem Raumschiff ihrer Familie, der *Jig*. Also zuckte er nur mit den Achseln.

Robin hingegen rieb sich die Hände. Jede Möglichkeit, das Raumschiff für einen Einsatz zu verlassen – egal wie lang oder kurz – freute sie.

Obwohl Nick und Robin Zwillinge waren, hatten sie äußerlich wenig gemein.

Er trug sein sandfarbenes Haar halblang, sie hatte den Nacken ausrasiert und die Haare links grün und rechts rot gefärbt. Er war breitschultrig und kräftig, sie sportlich und etwas kleiner. Seine blauen Augen lagen unter starken Brauen, ihre Augen waren braun.

Robin trug ein grünes Kleid mit langen Ärmeln, dazu weiße Schlaghosen mit neonblau leuchtenden Nähten. Nick trug T-Shirt, einen weiten Overall mit vielen Taschen und eine Schirmmütze. Dazu hatte er eine Brille auf – nicht wegen schlechter Augen, sondern weil er über die Brille jederzeit Computerdaten ablesen konnte.

»Was für eine Farbe das Baby wohl haben wird?«, fragte Robin. »Männchen sind in der Regel lila, Weibchen grün.«

Nick fand eine andere Überlegung viel wichtiger. »Welches ist hungriger?«

»Da sind Teg-Drachen wie alle anderen Tiere: Bei ihrer Geburt wollen sie fressen und sich an ihre Mutter kuscheln.«

»Nun, die Mutter ist nicht hier«, sagte Nick. »Also wird der Teg-Drache uns alle fressen wollen.«

»Schwarzseher.«

»Realist.«

»Wir haben bestimmt noch genug Essen, um ihn für eine Weile durchzufüttern.«

»Weißt du denn, was das Baby fressen will?«

Jetzt zögerte Robin doch. »Teg-Drachen sind Fleischfresser. Jäger. Nun, sie bevorzugen lebendiges Fressen.«

»Echt klasse! Das Einzige auf dem Speiseplan des Babys sind also wir, Mom, Paps, Haja und Opa.«

Robin wiegte den Kopf. »Wir landen ja gleich.«

»Am besten, wir bereiten schon alles für das Entladen vor«, meinte Nick.

»Und schnell«, stimmte Robin zu.

Sie befanden sich im Frachtraum, mit sechzig Metern Länge der größte Raum der *Jig*. Zu beiden Seiten standen auf den Regalen Fässer, Container und Kisten, alle gut gesichert in Frachtkäfigen. Die Regale reichten fünfzehn Meter hoch und beherbergten das Versandgut mit dessen schnellen Transport die Besatzung der *Jig* ihren Lebensunterhalt verdiente.

Am hinteren Ende des Frachtraums, unter den Ladeschleusen, parkten die Exobots. Es waren zwei gesteuerte Roboter, große Maschinen mit Armen und Beinen, die von einem Menschen gelenkt wurden, der in ihrem Cockpit saß. Jeder der Exobots war knapp vier Meter hoch. Der linke hatte eine gelbe Brust und Kopf, dafür waren Arme und Beine rot. Der rechte hatte weiße Extremitäten, Brust und Kopf waren blau. Zumindest da, wo die Farbe nicht abgeschabt oder zerkratzt war.

Robin trat zum linken Exobot und verband ihr MultiArmband mit seinem Wartungscomputer. Schnell ging sie die Checkliste durch, während Nick es bei dem anderen ebenso machte.

Gerade als sie die Tests beendeten, betrat ihr Vater den Frachtraum. Harald Ambrose war ein großer kräftiger Mann. Sein dunkler Vollbart war getrimmt, sein Lächeln warm. Der Pullover spannte etwas über dem Bauch, was ihn nur noch mehr wie einen gutmütigen Bären wirken ließ. »Alles klar?«

Robin und Nick bejahten.

Harry ging zu dem Ei und kniff die Augen zusammen. »Wohl keine Minute zu früh. Also gut, Robin, machen wir die Banane.«

Robin kletterte das linke Bein des Roboters hinauf, raffte ihr Kleid und setzte sich auf den schmalen Sitz im Cockpit. Sie zog den leichten Helm auf ihren Kopf und aktivierte Mikrofon und Kopfhörer. »Verbindung?«, hörte sie Harry fragen.

»Verstehe dich.«

»Okay. Du nimmst das Netz links, ich rechts. Mit den Levitatoren schweben wir herab. Bereit?«

Robin steckte Arme und Füße in die Waldos. Sie wirkten wie lange Handschuhe und Stiefel; durch sie konnte Robin die Bewegungen des Exobots steuern. »Bereit.«

Sie betätigte einen Schalter. Die Vorderfront des Cockpits fuhr von unten herauf und verschloss sich pfeifend und schmatzend. Sofort erschienen alle nötigen Anzeigen auf dem Cockpitfenster.

Robin tat, als würde sie gehen, und die Waldos gaben die Bewegung an die Motoren weiter. Der Exobot kopierte ihre Bewegungen und schritt durch den Frachtraum.

Etwas schepperte im Cockpit, dann fiel es herab. Robin sah nach unten. Neben ihrem rechten Waldoschuh lag eine Tasse. Ihre zweitliebste Tasse, die sie schon überall gesucht hatte. »Hier hast du dich versteckt«, flüsterte Robin zu sich selbst. Nur war ihr Mikrofon angestellt und jeder konnte sie hören.

Harry fragte: »Was ist, Robin?«

»Nichts, ich rede nur mit mir selbst.«

Robin liebte es, Maschinen zu steuern. Sie glaubte, einen Instinkt dafür zu haben. Vielleicht war er angeboren. Vielleicht hatte er sich ihr Leben lang entwickelt, denn seit sie ein Kleinkind war, lebte sie mit einer Prothese. Bei ihrer Geburt war ihr linker Arm nur bis zum Ellenbogen ausgewachsen gewesen, sie lebte seither ohne linken Unterarm oder Hand. Stattdessen trug sie dort, seit sie sich erinnern konnte eine Roboterprothese. Was war der Exobot anderes als eine Verlängerung ihrer Arme und Beine – wenn auch eine sehr große und sehr starke?

»Darf ich stören?« Aus dem Kopfhörer klang die Stimme ihrer Mutter. »Wir sind angekommen. Schweben zehn Meter über dem Ziel.«

»Einen Moment noch«, funkte Harry zurück.

Robin ging neben das Ei. Sie streckte die Arme, der Exobot tat es ihr nach. Vorsichtig griff sie in das Netz, das das Ei hielt. Der Roboter würde es halten können – obwohl das Ei gut fünf Zentner wog. Robin stellte die Genauigkeit der Motoren neu ein, bevor sie gekonnt die große Roboterhand des Exobots an das Netz führte. Vorsichtig zog sie die Stricke vom Ei fort, schob Finger zwischen das Netz und die glitzernde Oberfläche, ohne sie anzukratzen. Die Finger ballten sich zu Fäusten, als sie das Netz griff.

»Ich habe es«, meldete Robin.

»Ich auch«, sagte ihr Vater einen Moment später. »Lass uns schweben. Nick, löse die Seile.«

Robin sagte: »Exo. Aktiviere Levitatoren. Höhe dreißig Zentimeter.«

Ihr Befehl wurde sofort umgesetzt und sie schwebte wie befohlen in die Luft, getragen von den Schieffer-Levitatoren, die in den Exobot-Beinen verbaut waren.

Nick löste per Fernsteuerung die Seile, vom Netz. Jetzt trugen nur noch Harry und Robin das Ei.

»Öffne Frachttor«, sagte Nick.

Am Kopfende des Frachtraums kippte ein Bodenstück und verband sich mit einer Rampe, die durch ein großes Tor im Raumschiffboden führte. Robin und Harry schwebten die Rampe hinab und hinaus, auf sandigen Boden.

»Vorsichtig«, flüsterte Harry. Robin wusste nicht, ob er zu ihr oder nur zu sich selbst gesprochen hatte. »Absetzen in drei ... zwei ... eins ...«

Sie ließen die Arme sinken.

Harry sagte: »Wir müssen es in den Boden drehen, sonst kippt es. Erst links, dann rechts.«

Sie drehten, bis das Ei fest stand. Robin glaubte, dass die Risse in der Schale länger wurden.

»Gut, lassen wir es los.«

Behutsam öffnete Robin den Griff der Roboterfäuste und zog sie aus dem Geschirr. Sie trat zurück – und ertappte sich dabei, die Luft angehalten zu haben. Tief atmete sie ein.

»Geschafft!«

Das Ei stand vor ihnen in einer kleinen Mulde. Die Umgebung war trist und trocken, nur vereinzelt ragten karge Sträucher aus dem harten Boden.

»Echt öde hier«, sagte Robin.

Harry schritt um das Ei herum. »Umso weniger kann der Kleine in Brand setzen, wenn er schlüpft.«

»Teg-Drachen können kein Feuer speien«, korrigierte ihn Robin.

Harry hob einen Roboter-Finger. »Aber eine stark ätzende Flüssigkeit. Die könnte sogar die Außenhaut der *Jig* angreifen.«

Da hatte ihr Vater recht.

Bei der Erwähnung ihres Raumschiffs sah Robin nach oben und musterte die *Jig*: Sie war ein terranischer Kosmoklipper mit dem typischen zigarrenförmigen Rumpf und platten Aufbauten. Die flachen, langgezogenen Aufbauten beherbergten Projektoren und Levitatoren, Steuerdüsen und Sensoren.

Vom Heck standen drei über zwanzig Meter große, dreieckige Finnen ab. Sie hatten zwei Funktionen: als Radiatoren zur Kühlung bei Raumflügen und Sitz der hinteren Masten der Gravosegel. Beidseitig ragten Ladeschleusen aus dem Rumpf.

Die Agrav- und Manövriertriebwerke für den unterlichtschnellen Flug lagen in den beiden wuchtigen Auslegern, die sich hufeisenförmig zu beiden Seiten vom Bug bis zur Mitte des Schiffs zogen. Sie beherbergten auch weitere Masten für Gravosegel, die erst beim Flug durch den Hyperraum ausgefahren wurden.

Die Spitze des Schiffs bildete ein dicker Ring von zehn Metern Durchmesser: In ihm lagen Sensoren und sein Zentrum war ein riesiges Bullauge aus dickem Glasal, durch das man die Brücke des Klippers sah.

Der Rumpf der *Jig* war hundertzwanzig Meter lang und bis zu zwanzig Meter im Durchmesser. Rumpf und Finnen waren moosgrün, die Aufbauten und Haupttriebwerke orangemetallic. Auffällig prangte das Emblem der Terranischen Post auf dem Kiel: Zwei silberne Sterne, mit einem dunkelblauen Posthorn verbunden.

Keines der Triebwerke war gerade aktiv, denn das Raumschiff schwebte dank seiner leistungsstarken Schieffer-Levitatoren zehn Meter über dem Boden.

Dieses Schiff war das zu Hause der Ambrose-Familie und Robins Patentante. Mit der *Jig* reisten sie zwischen den Planeten, als Kuriere für wichtige, dringende Fracht. Seien es private Reichtümer, lebenswichtige Medikamente – oder Eier von Wesen, die nahezu ausgestorben waren und an einen lebensfreundlichen Ort gebracht werden sollten: In diesem Fall nach Emila.

Tatsächlich war Emila eine gewaltige Raumstation – errichtet als ein Zoo mit an die hundert Reservaten, jedes errichtet, um Tieren einen Lebensraum zu geben, die auf ihren Heimatplaneten vom Aussterben bedroht waren. Die besten Landschaftsgestalter entwarfen Reservate für die exotischen Tiere, in denen sie ihre Leben genießen konnten. Jedes Reservat war der Heimatwelt der Tiere so weit wie möglich nachgebildet. Gebirge und Flüsse wurden extra gestaltet, Flora angelegt. Ganze ökologische Nischen wurden geformt, damit die seltenen Tiere hier heimisch werden konnten.

Harry trat neben seine Tochter. »Gut, wir haben das Baby abgeliefert.«

»Ziehen wir weiter?«, fragte Robin. Sie hoffte, sie würden noch bleiben. Zu gern wäre sie dabei, wenn der Teg-Drache schlüpfen würde.

»Wir sollen warten, bis die Zoowärter mit der Adoptiv-Mutter vorbeikommen. Dafür müssen wir aber nicht am Boden bleiben. Etwas mehr Distanz wäre besser.« Er zeigte in den Himmel.

»Wir können zusehen«, sagte Robin erfreut.

Harry grinste. »Das lasse ich mir nicht entgehen.«

Beide fuhren herum, als neben ihnen etwas schwer auf den Boden krachte. Zu ihren Füße wippte ein großes Stück Eierschale. Langsam hoben sie ihren Blick – und starrten in die funkelnden Augen eines Teg-Drachen.

Seine lilafarbenen Schuppen glitzerten wie Edelsteine. Ein langer, immer länger werdender Hals entrollte sich, hob den Kopf immer höher. Der Kopf ähnelte dem einer Echse, die drei Augen blinzelten, geblendet von der Sonne.

Robin starrte das große, wunderschöne Tier an und wusste nicht, ob sie vor Begeisterung auflachen oder vor Furcht fliehen sollte. Sie sah zu ihrem Vater.

Offensichtlich ging es ihm genauso.

Der Teg-Drache sah nach oben, musterte das große Raumschiff über seinem Kopf. Einen Moment verharrte er.

Im nächsten Moment riss er das Maul auf und schrie.

Automatisch regelte der Exobot die Lautstärke im Kopfhörer herunter, sonst hätte Robin sicher einen Hörschaden davon getragen. Auch so ging ihr der Schrei durch Mark und Bein. *Wir hätten fliehen sollen*, dachte sie.

»In die *Jig*«, befahl ihr Vater. »Sofort!«

Sie flogen hinauf. Dabei konnte Robin nicht den Blick vom Drachen wenden.

Der Teg-Drache schien sich in sein Ei zurückzuziehen, jedenfalls machte er sich kleiner.

Wollte er sich verstecken?

Da passierte es: Der Drache hatte nur Anlauf genommen, denn jetzt schnellte er aus seinem Ei heraus. Seine feuchten Flügel konnten ihn noch nicht tragen, aber er erreichte auch so sein Ziel. Lang gestreckt sprang er durch die Luft. Im nächsten Moment schlugen seine Zähne in den rechten hinteren Flügel der *Jig*. Er zerbiss die Außenwand, Sabber lief aus seinem Mund und Funken sprühten aus zerstörten Kabeln.

Als Robin durch die Ladeluke in die *Jig* schwebte, schlang der Drache seinen Körper um den Flügel und hielt sich mit aller Kraft fest.

»Er will kuscheln«, flüsterte Robin.

*

»Er hält die *Jig* für seine Mama«, stellte Harry fest.

»Na großartig«, rief Tia Ambrose aus. Sie marschierte im Frachtraum auf und ab, ihre Hände bewegten sich dabei wie die Flügel einer Windmühle. Tia Ambrose war Nicks und Robins Mutter und mit Harry verheiratet. Mit ihm teilte sie sich auch das Kommando der *Jig*. Sie hatte rotblondes Lockenhaar, das sie immer zu einem Pferdeschwanz band. Sie war klein, pummelig und lebhaft, ständig in Bewegung. Sie trug schwarze Hosen, Bluse und eine rote Weste. »Wieso bauen wir nicht einfach Zitzen an den Rumpf und warten, bis das Kindchen flügge wird?«

»Vielleicht kann ihm Sylvester ja einen leckeren Brei kochen«, schlug die Ingenieurin des Schiffes vor: Hajastan Shakarian. Sie lehnte elegant am Verladekran. Zu ihrem Hosenrock trug sie eine bunte Wickelbluse und einen Seidenschal, der sich farblich von ihrem schwarzen Vollbart abhob.

Haja wurde zwar im Körper eines Mannes geboren, hatte aber schon als Teenager entdeckt, dass sie sich als Frau fühlte. Statt den Körper ihrer Seele oder die Seele ihrem Körper anzupassen, hatte sie sich entschieden, sich zu akzeptieren wie sie war und zu behalten, was ihr gefiel: Alles.

Robin schüttelte den Kopf. »Teg-Drachen fressen nur lebendes Essen.«

»Sowas haben wir sicher nicht in der Speisekammer«, sagte Haja.

»Kinder werden unleidig, wenn sie Hunger haben«, sagte Harry. »Wann kann denn die Adoptivmutter hier sein?«

»Nicht früher als in drei Stunden«, antwortete Tia und führte wild gestikulierend aus: »Die Zoobetreiber müssen die Adoptivmutter von einem anderen Reservat hierher überführen, da das jetzige Domizil der Drachen-Dame nicht groß genug ist für zwei. Sie haben erst morgen mit uns gerechnet, wie es geplant war. Wir haben ja auch nur Gas gegeben, weil das Ei aufbrach. Dass das Baby schon geschlüpft ist, haben sie mir erst geglaubt, als ich ihnen die Kamerabilder zeigte. Sie sind es wohl nicht gewohnt, dass die Natur ihren Plänen nicht gehorcht.«

Woraufhin Nick sagte: »Wenn man auf einer Station mehrere Ökosysteme nachbauen kann, scheint so ein Ei wohl nicht sonderlich kompliziert.«

Harry grinste. »Wenn ich eines für unberechenbar halte, dann die Natur.«

»Genau dafür gibt es doch Emila, den Zooplaneten«, sagte Robin. »Damit die Natur hier unberührt bleibt. Jedes Tier findet hier einen Ort zum Leben.«

Harry nickte. »Ja, aber dafür werden die Habitate so gestaltet, dass jedes Tier seinen Platz findet. Natürlich entstanden ist hier nichts, genau wie in jedem anderen Zoo. Nur deswegen fühlen sich all die unterschiedlichen Spezies hier so wohl.«

»Wie auch immer«, sagte Tia, blieb stehen und steckte die Hände in die Hosentaschen. »Das Baby schmust mit unserem Schiff und knabbert sich gerade durch einen Flügel. Wie groß ist der Schaden bisher?«

Haja sah auf ihr MultiArmband. Es war mit den inneren Sensoren der *Jig* verbunden und hielt die

Ingenieurin auf dem Laufenden über den Zustand des Raumschiffes. »Bisher nur Schäden an den außen liegenden Radiatoren, das lässt sich durch die anderen ausgleichen. Falls das Kleine sich durch die Verkleidung beißt, erwischt es vielleicht die Gravomasten – und wenn es sie beschädigt, werden wir beim Segeln durch den Hyperraum Probleme haben. Wenn er weiterkaut, trifft er auf Starkstromleitungen. Keine Ahnung wie der Kleine reagiert, wenn er sich Stromschläge einfängt.«

»Bevor der Drache und das Schiff ernstlich Schaden nehmen, müssen wir es von der *Jig* wegkriegen«, sagte Harry. »Vorschläge?«

Nick meinte: »Wir setzen die Außenhaut unter Strom. Der Drache kriegt einen Schlag und lässt los.«

Robin boxte ihn gegen die Schulter. »Du kriegst auch gleich einen Schlag. Das arme Baby.«

Harry schüttelte den Kopf. »Zum einen könnte der Drache dadurch aggressiv werden und nur mehr Schaden anrichten. Zum anderen würden uns die Zoowärter deswegen bestimmt unsere Bezahlung kürzen.«

»Es will doch nur seine Mutter«, sagte Robin. »Also warten wir einfach ab.«

Harry schüttelte den Kopf. »Und wer kommt für die Schäden auf?«

»Die Verwaltung von Emila?«

»Steht so nicht im Vertrag.«

»Das mit der Mutter«, sagte Tia nachdenklich. Sie knetete ihre Hände. »Lasst uns das mal genauer überdenken.«

Harry zog die Augenbrauen hoch. »Hast du zufällig einen Drachen unter unserem Bett versteckt?«

»Nicht auf diesem Flug. Vielleicht brauchen wir keinen echten Drachen. Sondern nur einen, den das Baby für seine Mutter hält.«

»Eine Ersatzmutter? Wo willst du die herkriegen?«

»Aus dem Materialdrucker.«

»Ich glaube nicht, dass es leicht zu täuschen ist.«

Tia sah Harry schräg an. »Es hält die *Jig* für seine Mutter.«

»Der Punkt geht an dich.«

Nick hatte sich inzwischen die Datei über Teg-Drachen aus der Stations-Amonatronik geladen und an die Armbänder der Anwesenden verteilt. »Ausgewachsene Drachen haben eine Spannweite von zwanzig Metern und sind zehn Meter lang.«

»Es gibt Hördateien mit dem Ruf von einem Drachen«, sagte Robin begeistert und spielte eine ab.

Das Gebrüll hallte ohrenbetäubend durch den Frachtraum.

Und wurde von draußen erwidert. Der junge Drache hatte geantwortet.

»Okay, hier ist der Plan«, sagte Tia. »Ich designe eine kleine Version eines Drachenkostüms, sagen wir mit fünf Metern Spannweite. Das ziehen wir über eines von denen«, sie zeigte auf die Exobots, »und damit locken wir das Junge von der *Jig* weg.«

Robins Arm schnellte nach oben. »Kann ich das machen? Bitte, bitte, bitte!«

*

Tia war eine Meisterin am Materialdrucker. Ihr Hobby war es, Kleidung zu entwerfen. Sie konnte nicht einen Stich nähen, was nicht schlimm war, da der Drucker jeden Gegenstand herstellen konnte, solange er die Grundsubstanzen in seinen Tanks hatte. Alte Klamotten und anderer Müll wurden in den Zersetzer geworfen und dort solange verarbeitet, bis sie nurmehr eine zähflüssige Paste an Grundstoff waren. Diese Pasten waren dann die Grundlage für neue Ausdrucke: Kleidung, Geräte, Kabel – oder eben eine Verkleidung als Teg-Drache. Tia nutzte die Aufzeichnung aus dem NATI-Netz, um eine möglichst originalgetreue Verkleidung herzustellen. Als der Drucker die Verkleidung ausgab, brachte Tia sie in den Frachtraum und legte sie dort auf dem Boden aus. Die Anwesenden nickten wohlwollend.

Inzwischen war auch der Letzte der Crew eingetroffen: Sylvester Ambrose, der Opa von Nick und Robin. Er war ein kleiner Mann, der sich auf einen Stock stützte. Seine weiten Hosen und der Pullover waren bunt kariert. Selbst an Bord trug er einen Hut, unter dessen Krempe wildes weißes Haar hervorlugte und bis über die Schultern fiel. Seine Brille war ihm auf die Nasenspitze gerutscht. »Das wird den Kleinen bestimmt ablenken«, sagte er zu dem Kostüm.

Tia fragte: »Und mit Futter können wir den Teg-Drachen nicht locken?«

»Wir haben keine Opfertiere an Bord«, sagte Sylvester. »Laut den Unterlagen sind gerade die Jungtiere auf einer Diät, in der sie nur lebendes Essen zu sich nehmen.«

»Wäre auch zu schön gewesen.« Sie stupste Robin kameradschaftlich an. »Also dann, ab zur Anprobe.«

Robin stieg in ihren Exobot – und öffnete das Cockpit sofort wieder. »Ich muss noch schnell mal wohin«, rief sie und rannte zur nächsten Toilette.

Die anderen stöhnten auf.

»Daran hätte sie wirklich früher denken können«, murmelte Tia.

»Besser jetzt«, meinte Nick. »Wenn das Kostüm am Exobot hängt, kommt sie erstmal nicht wieder raus. Und wer weiß, was passiert, wenn sie ... ich meine: Elektronik und Flüssigkeiten.«

»Ist gut, keine weiteren Bilder, bitte.«

»Ich meine ja nur, es ist von ihr eine gute Idee, bevor ...«

»Ich habe es kapiert.«

Leise sagte Harry: »Es ist wirklich unpraktisch, wenn man länger in so einem Exobot steckt. Wäre mir auch fast mal passiert.«

Tia sah ihren Mann überrascht an. »Ehrlich jetzt?«

»Als wir den oberen Flügel reparieren mussten, im All, weißt du noch? Das dauerte Stunden und ich war kurz davor.«

»Aber du hast nicht?«

»Wir wurden rechtzeitig fertig.«

»Immerhin.«

»Ihr könntet Windeln anziehen«, schlug Nick vor.

Tia schüttelte den Kopf.

»So alt bin ich jetzt auch noch nicht!«, erwiderte Harry entrüstet.

Sylvester stupste seinen Sohn mit dem Stock an. »Das hat nichts mit dem Alter zu tun. Das Geheimnis ist ein gut trainierter Beckenboden. Dann braucht man keine Windeln.«

Haja meinte: »Vielleicht können wir ein kleines chemisches Klo einbauen.«

»Wo soll denn dafür Platz sein?«

»Wenn wir die Beckenhydraulik nach unten verlagern und aufteilen«, schlug die Ingenieurin vor.

Nick wiegte skeptisch seinen Kopf. »Dadurch liegt der Schwerpunkt recht tief.«

»Leute.«

Haja hielt dagegen: »Nicht zu tief. Das kann man leicht durch eine Anpassung der Steuerung ausgleichen.«

»Leute?«

Harry sah von Haja zu Nick und Tia. »Ich fände das wirklich praktisch.«

»Wenn du meinst«, sagte Tia.

Nick zuckte mit den Schultern. »Wir können es ja mal versuchen.«

»Leute, hallo!« Alle Köpfe fuhren herum zu dem Exobot – in dem Robin schon längst wieder saß. »Können wir jetzt, oder was?«

*

Sie zerrten und zurrten eine kleine Ewigkeit, bis die Verkleidung endlich richtig saß. Bevor sie losflog, ging Robin ein paar Schritte und schwenkte die Arme und damit die Flügel. Ihr Vater gab ihr Tipps, wie sie überzeugender wirkte. Haja bat sie, sich nicht zu hektisch zu bewegen, damit die Konstruktion nicht brach.

Nick und Tia hielten sich gegenseitig davon ab, vor Lachen auf dem Boden zu rollen.

Sie war noch beim Üben, als Haja zusammenzuckte und auf ihr MultiArmband starrte. »Unser Kleiner hat gerade die innere Umwandung zerdrückt und einen Motor zerquetscht.«

Tia wurde schlagartig ernst. Sie brauchten intakte Flügel, um die *Jig* fliegen zu können. »Wie groß ist der Schaden?«

»Leicht zu reparieren«, sagte Haja. »Noch.«

Tia wandte sich an Robin. »Raus mit dir. Der Kleine hat die *Jig* lang genug für seine Mutter gehalten.«

»Okay.«

Damit der junge Teg-Drache nicht sah, wie sie aus der *Jig* geflogen kam, öffneten sie nicht das vordere Frachttor, sondern die linke Ladeschleuse. Die Schleusen lagen beidseitig im hinteren Bereich und wurden genutzt, wenn die *Jig* mit einem anderen Raumschiff Lieferungen tauschte.

»Exo«, sagte Robin. »Levitatoren auf manuelle Steuerung.«

Jetzt steuerte sie mit den Waldostiefeln nicht mehr den Gang, sondern den Flug ihres Exobots. Sie hob ab, legte die Flügel an und flog durch die Schleuse hinaus.

Die Verkleidung war viel kleiner als ein ausgewachsener Teg-Drache, also durfte sie nicht zu weit fliegen, damit der kleine Drache sie noch gut erkennen konnte.

Sie flog dicht über das Dach der *Jig*, weiter, bis sie den Drachen unter sich sehen konnte. Die Kuppel dieses Reservats war noch weit über ihr, Wolken und Sonne waren dort als Hologramme zu sehen.

Robin ließ den aufgenommenen Schrei aus den Lautsprechern des Exobots ertönen – und sofort sah der junge Drache zu ihr.

Jetzt kam es darauf an. Den Schrei immer wiederholend, flog sie eine Schleife. Sie breitete die Flügel aus – und fast wären sie abgerissen. Sie zog sie ein. Robin verlangsamte ihren Flug, dann breitete sie erneut die Flügel aus.

Sie hielten.

Robin zog eine weite Kurve, wieder eine Schleife. Sie kopierte die Flugmuster, die sie in den Aufzeichnungen gesehen hatte. Immer wieder überflog sie die *Jig*.

Wieder und wieder.

Wann würde ihr der junge Drachen endlich folgen?

Noch eine Schleife.

Sie sah wieder zur *Jig*.

Und zu dem jungen Teg-Drachen, der von dem Raumschiff weg und zu ihr ging. Er schlug mit seinen Flügeln, die zu schwach waren um ihn in die Luft zu heben.

Robin grinste. »Es klappt«, meldete sie froh an die restliche Besatzung.

»Das hast du gut gemacht«, lobte Harry.

Robin fragte: »Wann kommt die Adoptivmutter?«

»In einer Stunde«, sagte Tia. »Versuche, ihn so lange bei Laune zu halten.«

Sie sah auf die Anzeige ihrer Batterien. Sie würde noch Stunden so weiter machen können. Hoffentlich verlor der Jungdrache nicht die Lust.

Robin kreiste jetzt über ihm. Das Junge sah zu ihr auf. Langsam zog sie ihre Bahnen immer etwas weiter von der *Jig* fort. Das Junge folgte ihr.

Gern wäre Robin zu ihm herabgeschwebt. Hätte sie ihn streicheln können? Er wirkte so verloren und seine Rufe wurden immer kläglicher. Nur: Wenn sie ihm zu nahe kam, erkannte er vielleicht die Täuschung. Das würde ihm erst recht das Herz brechen. Vielleicht würde er sogar aggressiv.

Also zog sie weiter unter dem künstlichen Himmel ihre Bahnen und zählte die Minuten.

Nach einer halben Stunde hatte sie den Eindruck, das Junge würde schwächer werden. Tatsächlich rührte es sich nicht mehr. Es kauerte sich hin.

Bald darauf ließ es den Kopf sinken.

»Es schaut nicht mehr zu mir hinauf«, meldete Robin. Sie machte sich Sorgen.

Harrys Stimme erklang aus den Kopfhörern. »Das muss sehr anstrengend für ihn gewesen sein.«

»Meinst du er ... er schafft es?«

»Sicher«, sagte Harry. »Ganz sicher.«

Da erklang eine fremde Stimme über die Funkanlage. »Hier Wärter Wiedon an die Ambroses. Wir haben das Reservat betreten.«

»Super!«, rief Robin.

»Wir haben eure Bildübertragungen verfolgt«, sagte der Zoowärter. »Clever die Verkleidung. Jetzt macht ihr besser den Luftraum frei, denn ich habe eine Teg-Drachenmutter im Schlepptau, die auf Konkurrenz sehr eifersüchtig reagiert.«

Robin schluckte. Sie hatte wirklich keine Lust, sich einen Luftkampf mit einer zwanzig Meter großen Drachenmutter zu liefern. Die würde ihr Adoptivkind mit Zähnen und Klauen verteidigen - im wahrsten Sinne des Wortes.

Robin drehte ab und flog zur *Jig*.

Unter ihr krächzte das Drachen-Baby heiser und verzweifelt. Es wollte nicht allein bleiben, fühlte sich ausgestoßen. Robin schmerzte dabei das Herz.

Sie drehte um. »Ich bleibe, bis sie bei uns sind.«

»Robin«, hörte sie ihre Mutter in jenem tadelnd-drohenden Tonfall sagen, den nur Eltern beherrschen.

»Ich schaffe es noch rechtzeitig«, versprach Robin.

»Das will ich dir raten.«

Der Zoowärter meldete sich wieder. »Sie haben ein Herz für Tiere?«

Robin lächelte. »Kann man so sagen.«

»Freut mich. Schauen Sie nach Nordosten. Sehen Sie uns?«

Robin schaute in die angegebene Richtung. Eine Staubwolke verriet einen näherkommenden Gleiter, der dicht über den Boden flog.

Über ihm zeichnete sich vor dem blauen Himmel eine dunkle Gestalt ab. Ihre Flügel strichen elegant durch die Luft. Der lang gestreckte Hals war nach unten gebeugt. In diesem Moment schrie die Teg-Drachenmutter.

Der Ruf ließ das Baby aufspringen. Es reckte seinen Hals in neuem Mut, sah hierhin und dorthin und fand endlich die wahre Mutter.

Robin wollte sehen, wie die beiden sich begrüßen würden.

Die Stimme ihrer Mutter erklang im Kopfhörer. »Robin, zieh dich zurück.«

»Ich ...«

»Jetzt!«

Robin seufzte. Sie winkte dem Drachen-Baby zu. Dann flog sie zurück zur *Jig*.

Der kleine Teg-Drache beachtete sie schon gar nicht mehr.

»Sendung erfolgreich abgeliefert«, verkündete Harry.

Kapitel 2

Als Menschen von der Erde vor rund hundert Jahren das erste Raumschiff durch den Hyperraum schickten, ließen sie die Enge des eigenen Sonnensystems hinter sich. Sie erforschten den Hyperraum: Seine Winde und Flüsse aus Energie und Schwerkraft, das Ringen der gravimetrischen und antigravimetrischen Materien. Sie bargen das Agrav und nutzten es als Treibstoff im Normalraum. Der Hyperraum erweiterte ihr Verständnis von Gravitation, Masse und so ziemlich allem; die Flugdauer zu anderen Sternen schmolz von Jahrhunderten auf Dekaden, Monate, Wochen und schließlich Tage.

Die Terraner sandten Sonden zu vielen Planeten, in der Hoffnung eine neue Erde zu entdecken oder immerhin fremde raumfahrende Völker. Fast fünfzig Jahre wurden ihre Hoffnungen enttäuscht. Dann – endlich – kam es zum ersten Kontakt mit einer anderen raumfahrenden Spezies. Ihre Ankunft wurde mit einem Schulterzucken hingenommen und die anderen Völker fuhren in ihrem Alltag fort, nachdem sie dem neuen Nachbarn ein paar nette Worte gesagt hatten.

Niemand nahm die Menschen bei der Hand, keiner hieß sie mit rotem Teppich und Fanfaren willkommen. Andererseits war auch niemand an einem Krieg interessiert oder wollte die Erde in sein Reich einverleiben. Zum einen hatten die Menschen nahezu nichts, was die anderen Völker nicht auch besaßen, zum anderen hatten die Menschen das Glück, dass die Erde in einem ausgesprochen freigeistigen Gebiet der Galaxis lag.

Der Kooperationssektor war ein Gebiet mit der Form einer Birne, wobei die dünnere Hälfte nach Süden, zum Galaxiskern zeigt. Das wichtigste Merkmal war seine Lage: Der Kooperationssektor war umgeben vor vier mächtigen Reichen.

Im Südwesten das Sbyrren-Konglomerat.

Im Südosten die Kuth-Republik.

Im Osten das Merdianische Reich.

Im Westen die AdU, die Allianz der Unbesiegten.

Die Reiche der AdU und Kuth, Sbyrren und Merdianer waren gut organisiert, besaßen beeindruckende militärische Raumflotten und waren einem Krieg nicht abgeneigt. Jedes sah im Koop-Sektor einen nützlichen, ungefährlichen Freund, den es zu verteidigen galt.

Die erfahrenen Diplomaten des Kooperationssektors leisteten bei den ersten Kontakten mit den vier Großmächten Glanzleistungen und stoppten jegliche Expansion in den Koop auf friedlichem, sprich wirtschaftlich einträglichem Weg. Sie machten aus der scheinbar unglücklichen Lage zwischen den mächtigen Nachbarn einen Vorteil: Jedes sah im Koop-Sektor einen nützlichen, ungefährlichen Freund, den es zu verteidigen galt.

Eine Invasion der Sbyrren oder Kuth, der AdU oder Merdianer hätte sofort die anderen Reiche gegen sich aufgebracht, und nach Einschätzung aller könnte kein einzelnes Reich einen Krieg gegen die anderen drei gewinnen. Es ging jedem der vier Reiche so: Wer die Grenzen des Koop verletzte, würde sich gegen ein Bündnis der anderen drei behaupten müssen.

Obwohl regelmäßig Pläne geschmiedet wurden, die dieses fragile Gleichgewicht aus den Angeln hebeln sollten, damit das eigene Reich als Sieger hervorginge, wurde kein Erfolg versprechender Plan ersonnen oder gar durchgeführt. Die Bewohner des Kooperationssektors waren sich dieser Versuche bewusst und sehr geübt darin, solche Bestrebungen durch Politik und Geschäfte, Spionage und Geheimnisverrat zu unterbinden.

Darum unterhielt der Kooperationssektor mit allen vier Großmächten einen regen Verkehr, geschäftlich wie diplomatisch – bewahrte sich aber seine Neutralität. Gerade dadurch war er für den Verkehr und Handel zwischen den vier Großen sehr wichtig, die ihn als Freihandelszone und diplomatisches Niemandsland ansahen. Hier wurden Kontakte gepflegt, die offiziell niemals zugegeben werden konnten. Jeder sprach mit jedem, alle waren höflich und auffallend nett zueinander.

So schien es im Kooperationssektor auf den ersten Blick freundlich, friedlich und gelassen zuzugehen. Unter der Oberfläche aber wurden Pläne geschmiedet, spioniert und schnelle, halblegale Geschäfte gemacht.

Der Koop war aufregend. Er war der Ort, um heute reich zu werden und morgen alles zu verlieren. Er war ein Ort voller Hoffnung und Bedrängnis. Viele glaubten, hier schnelles Geld zu machen – aber nicht nur mit legalen Geschäften: der Schmuggel florierte, so wie Spionage und Verrat.

In diesem Sektor suchten auch die Terraner ihren Platz. Sie waren keine große Militärmacht, sie hatten keine lange, glorreiche Tradition. Sie waren die Neuen, die keiner so recht ernst nahm. Sie wurden geduldet.

Die Erfolgsgeschichte begann mit drei terranischen Botschaftern. Sie waren befreundet, seit sie sich auf der Schule kennenlernten. Nun hatten sie ihre Dienste an die am weitesten entfernten Ecken des Kooperationssektors verschlagen. Wie es unter ihnen Brauch war, wollten sie sich zu Ostern, Geburtstagen und anderen Gelegenheiten kleine Geschenke zukommen lassen. Nur waren die Frachtkosten immens, denn es gab nur die riesigen interstellaren Frachter, die in Massen Industriegüter transportierten. Für ein einzelnes Paket, von Freund zu Freundin verschickt, gab es keine Art des Transports.

Die drei Freunde erinnerten sich an etwas, dass auf der Erde viele Jahrhunderte eben dieses Problem gelöst hatte: die Post. So fassten die drei Botschafter den Plan, das uralte irdische Postsystem wiederzubeleben.

Irdische Raumschiffe waren dafür ausgesprochen gut geeignet: Nicht so luxuriös wie die der Sbyrren oder so mächtig wie die der Merdianer, waren sie doch schnell. Gerade mit ihren Klippern durchfuhren terranische Abenteurer den Hyperraum in Windeseile und da diese Schiffe nicht sonderlich groß waren, eigneten sie sich perfekt als Frachter für kleine Expressgüter, vor allem da sie nahe an ihren Zielen in den Normalraum wechseln konnten.

So heuerte die terranische Post jeden an, der ein schnelles Schiff sein Eigen nannte. Die Piloten waren es gewohnt, eigenständig zu sein, viele lebten mit ihren Familien auf den Schiffen. Sie waren stolz auf ihre Unabhängigkeit und hatten keine Lust, ihre Schiffe der Post zu überlassen.

Also fand man einen Kompromiss: Die Schiffe selbst wurden zu Postämtern, die in abgesprochenen Zeiträumen Orte anflogen, um dort Post einzusammeln und abzugeben. Die Postbeamten vor Ort waren Ansprechpartner für Probleme, organisierten in Absprache mit den Besatzungen Treibstoff und Proviant und Ähnliches. Es war ein System, dass mehr vom persönlichen Vertrauen lebte als von starren Regeln – und das erstaunlich gut funktionierte. Denn die Beamten und Mannschaften wuchsen zu einer verschworenen Gemeinschaft zusammen, waren häufig sogar befreundet. So wurde die terranische Post eines der drei Geschäfte, für die die Menschen von Terra im Kooperationssektor bekannt wurden – neben Kartoffelchips und Budelhabschen.

*

»Gib Obacht, Liebes: Das ist ein Energiedefibrillator, ich habe ihn extra für dich aus dem Energieverteiler genommen. Was fällt dir auf?«

Nichts, wollte Robin sagen. Ihr fiel wirklich nichts auf. Der Energiedefibrillator sah so aus, wie er aussehen sollte – oder so, wie die beiden Defibrillatoren ausgesehen hatten, an die sie sich erinnern konnte. Das war schon ein paar Monate her. Bevor sie vorschnell antwortete, sagte sie besser nichts. Sie wollte den Test bestehen.

Also nahm Robin den handgroßen Würfel an sich und drehte ihn hin und her. Vorsichtig setzte sie an: »Auf den ersten Blick sieht alles in Ordnung aus.«

»Dann sieh besser ein zweites Mal hin, Liebes.« Hajastan Shakarian legte ihren Kopf schräg, dass der Zopf auf ihrem Scheitel zur Seite wippte. »Was macht ein Energiedefibrillator denn so?«

»Bei großen Energieschwankungen sorgt er für Ausgleich, damit der Stromkreislauf gleichmäßig bleibt, keine Spitzen generiert oder abfällt.«

»Und wie stellt er die Schwankungen fest?«

»Er ist als Nebenstelle an die Energieleitungen gekoppelt.«

Haja nickte ihr zu, als hätte sie sich selbst gerade den besten Tipp gegeben, um den Test zu bestehen. Nur konnte Robin keinen Zusammenhang sehen.

Der Defibrillator schimmerte, wie er schimmern sollte. Nirgendwo waren Kratzer und Brüche zu sehen, und als sie ihn schüttelte, klapperte nichts. »Keine Ahnung, was da kaputt sein soll.«

»Liebes ...«

»Nein, wirklich nicht.« Robin gab Haja den Defibrillator zurück. »Ich finde, es sieht alles top aus. Das ist eine Fangfrage, oder? Es ist gar nichts kaputt.«

Haja sah sie einen Moment an und strich über die Spitze ihres Vollbarts. »Ist das deine Antwort?«

Robin verschränkte die Arme vor der Brust. Sie war sich sicher, dass es eine Fangfrage gewesen war. »Oh ja.«

»Also gut. Nick, mein Schatz, was sagst du?«

Robin beobachtete, wie Nick den Energiedefibrillator nahm und musterte.

Robin und Nick hatten ihr ganzes Leben Seite an Seite verbracht, waren auf diesem Raumschiff groß geworden. In der Regel waren sie gute Kumpel, hatten viel Spaß miteinander. Manchmal ging Robin ihr Bruder auf die Nerven, und sie ahnte, dass dies einer dieser Momente werden konnte.

Er wurde es.

Nick klopfte auf eine Seite des Defibrillators. »Hier sind die Anschlüsse falsch angeordnet, deswegen können wir ihn nicht an die Energieleitung anschließen. Er ist nutzlos. Ein Herstellungsfehler?«

Haja nickte. »Richtig, ich habe das erst gemerkt, als ich ihn heute anbringen wollte.«

Robin verdrehte die Augen. »Woher soll ich das denn wissen?«

Haja zeigte auf ihren Bruder. »Nick hat es gewusst.«

Robin sah ihren Bruder an. »Hast du es aus dem Handbuch?«

»Ich habe es aus dem Handbuch«, sagte Nick.

»Niemand liest das Handbuch«, behauptete Robin.

»Jeder liest das Handbuch!«, hielt Nick entgegen.

Haja nickte. »Handbücher sind sehr nützlich, Liebes. Du solltest öfter einen Blick in sie werfen, gerade die technischen.«

Robin sagte: »Ich muss doch nicht wissen, wie ein Energiedefibrillator aussieht. Ich will Agentin im terranischen Geheimdienst werden.«

»Jeder Top-Agent hat sein eigenes Schiff«, sagte Nick, der – wie Robin – sein Wissen über den Geheimdienst aus gut informierten Comics und Serien hatte. »Du willst doch kein Handlanger sein.«

»Natürlich nicht«, sagte Robin, die diesen Gedanken absurd fand. »Der Top-Agent fliegt das Schiff, der Handlanger kümmert sich um die kaputten Teile.«

»Und wenn der Handlanger verwundet ist oder entführt wurde? Wer repariert dann das Schiff, um ihn zu retten?«, hielt Haja entgegen. Sie sprach sanft. »Außerdem: Wenn ein Kapitän einen Befehl gibt, muss der Befehl umgesetzt werden können. Ein Befehl, der nicht ausgeführt werden kann, führt zu Problemen. Und was ist die Aufgabe eines Kapitäns?«

»Lösungen zu finden, wo es Probleme gibt«, antwortete Robin.

Haja nickte und lächelte sie an. Ihr gezwirbelter Schnäuzer schien das Lächeln noch zu vergrößern. »Umarmung?«

Haja war eine Freundin von Umarmungen und Robin genoss jede davon. Auch Nick beteiligte sich.

Als sie sich lösten, flüsterte Robin ihm zu: »Keiner mag Besserwisser.«

»Ist ein tolles Gefühl, alles besser zu wissen«, flüsterte Nick zurück. »Solltest du auch mal probieren.«

»Na na, ihr beiden«, sagte Haja. »Jeder hat seine eigenen Stärken. Konzentriert euch auf sie, statt andere kleinzureden.«

Da ertönte eine kurze Melodie aus den Bordlautsprechern. Tias Stimme erklang: »Alle auf die Brücke, wir verlassen gleich den Hyperraum. Ach ja, und für die Geburtstagskinder gibt es eine Überraschung.«

Robin und Nick wechselten einen schnellen Blick. »Wer zuerst auf der Brücke ist!«, rief Robin und rannte los - Nick setzte sofort nach.

Haja sah den beiden nach, schüttelte den Kopf und spazierte hinterher.

*

Robin war zwar einen Kopf kleiner als ihr Bruder, aber viel sportlicher und so war es ein Rennen, das sie für sich entschied.

Mit kräftigen Sätzen lief sie aus dem Maschinentrakt. Vor ihr schwang zischend ein Schott zur Seite, dann ein zweites. Im Nu war sie durch die Schleuse, lief die kleine Rampe herunter und über den Kielgang durch den Frachtraum.

Die Beleuchtung wurde heller. Robin und Nick liefen zwischen den Frachtgittern zum vorderen

Bereich des Raumschiffes. Hier lebte die Besatzung.

Die Flure im vordersten Teil des Schiffes hatten eine gewölbte Decke. An ihr hingen Lampen und Blumenkästen. Aus den Kästen hingen Blätter und Äste, sie wurden von Stoffnetzen zurückgehalten, damit sie nicht im Weg waren.

Schlitternd kamen sie zum Stehen, denn ein alter Mann stand in ihrem Weg.

»Ihr habt es aber eilig«, sagte Sylvester mit leichtem Lispeln.

Außer Atem sagte Nick: »Mama meinte, es gäbe auf der Brücke eine Überraschung für uns. Hast du doch gehört, Opi, oder?«

»Ja, das habe ich gehört«, sagte Sylvester. »Habt ihr denn nicht schon genug Geschenke bekommen?«

»Es gibt nie genug Geschenke«, sagte Nick.

»Wie wahr«, sagte Sylvester. »Ich will nur noch diese Beeren pflücken, dann komme ich mit.«

Er griff in einen Kasten, der halbvoll mit Erde war. Aus ihr wuchsen kleine Sträucher mit orangefarbenen Beeren. Gekonnt erntete er die Früchte und legte sie in eine große Schale. »Stell den Kasten zurück, Nelson.«

»Gerne«, sagte der Roboter, der den Kasten hielt. Er war knapp über anderthalb Meter groß. Sein

Körper erinnerte an ein riesiges Ei, dessen Spitze nach unten zeigte. Er hatte drei Beine und vier Arme. Sein großer Kopf hatte Kugelform. Auf dem rotbraunen Visier leuchteten Mimikgrafiken, die ein symbolisches Gesicht darstellten.

Nelson war ein Allzweckroboter für einfache Tätigkeiten und begleitete Sylvester seit mehreren Jahrzehnten, in denen Sylvester ihm immer neue Fertigkeiten einprogrammiert hatte. Im Moment war er Erntehelfer.

Nelson drehte sich zum Regal, und seine drei Beine verlängerten sich wie eine Ziehharmonika, bis er knapp unter die Decke reichte. Dort stellte er den Kasten ab und zog die Beine wieder ein.

Auf dem Visier schienen die Augensymbole auf den Boden zu blicken. »Wir haben hier einiges an Dreck gemacht. Ich werde sauber machen.«

»Gute Idee – und bring die Früchte in die Küche.«

»Sicher.« Mit der einen Hand nahm Nelson die Schale. Bevor er seine Arbeit aufnahm, drehte er sich aber zu Nick und Robin. »Ich gratuliere euch beiden zum Geburtstag. Jede Gabe sei begrüßt, doch vor allen Dingen: Das, worum du dich bemühst, möge dir gelingen.«

Robin grinste. »Danke. Selbst ausgedacht?«

»Nein, das Zitat ist von Wilhelm Busch. Nun sollte ich aber an die Arbeit.«

Damit öffnete sich eine Klappe in seinem Torso und aus dem Fach holte er einen Handsauger, dessen Rohr in seinen Körper führte.

»Nun gut«, sagte Sylvester. »Fehlt nicht noch jemand?« Er sah an den Zwillingen vorbei in den Frachtraum. »Haja, wenn du dich nicht beeilst, sind wir schon gelandet, bevor wir auf der Brücke sind.«

»Ich ziehe Anmut der Raserei vor«, erwiderte Haja.

Als sie nun durch die Schleuse trat, reichte sie Sylvester ihren Arm, und er hakte sich ein. Gemeinsam gingen die vier weiter zur Brücke.

Dabei tätschelte Haja Nelsons Kopf. »Danke, dass du unser Schiff sauber hältst.«

»Es tut gut, wertgeschätzt zu werden«, murmelte Nelson und saugte weiter.

Richtung Brücke gehend, fragte Robin: »Wisst ihr, was Mama meinte mit dem Geschenk?«

»Aber natürlich«, sagte Haja.

»Verrätst du es uns?«, fragte Nick.

»Natürlich nicht. Tia würde mich zwei Wochen die Küche säubern lassen.«

»Da hättest du eine ruhige Zeit«, sagte Sylvester. »Sie ist tipptop geputzt.«

»Das sagst du nur, weil deine Brille nie richtig sitzt«, neckte Haja.

»Ich halte Ordnung – anders als andere in ihrer Abteilung.«

»War diese Anspielung auf meinen formidabel organisierten Maschinenraum gemünzt?«

»Allerdings. Würde ich so häufig Reparaturen an meiner Küche vornehmen müssen wie du an den Maschinen, würden wir jeden Tag trocken Brot essen müssen.«

»Deine Küche wird nur genutzt, wenn du dich mal bequemst, ausnahmsweise etwas zu kochen – anstatt immer Salat zu schnippeln.«

»Gesund und nahrhaft.«

»Ich fühle mich bald selbst wie ein Gemüse. Meine Maschinen jedenfalls sind rund um die Uhr im Einsatz. Ohne sie würden wir erfrieren ...«

»Jaja.«

»... ersticken ...«

»Ist gut.«

»... oder hilflos durchs All schweben.«

»Das erinnert mich an meine Reise als Posamentierer auf der *Xigam*. Da wurde ich aus der Schleuse geworfen und hing auch eine Weile im All herum, bevor ...«

Robin und Nick gaben es auf. Sie waren nicht in der Stimmung, eine der endlosen uralten Geschichten ihre Opas zu hören. »Schon gut, Opi«, sagte Robin.

»Wir warten, bis wir auf der Brücke sind«, sagte Nick.

»Kluge Entscheidung«, sagte Haja und zwinkerte Sylvester zu.

*

Die Brücke war der vorderste Raum der *Jig*. Wenn man sie betrat, sah man durch ein fünf Meter durchmessendes Bullauge in den voraus liegenden Hyperraum.

Eigentlich hatte es nur zwei Sitze auf der Brücke gegeben: für Pilot und Astrogator, beide an der M-förmigen Konsole vor dem großen Fenster. Damit auch die restliche Besatzung Platz fand, hatten sie Wände entfernt und eine bequeme Couch und einen Getränkeautomaten aufgestellt.

Eben jener Getränkeautomat war das größte Mysterium der *Jig*. Sie hatten ihn von einem Gebrauchtmarkt erstanden. Haja hatte ihn mit den Lebensmitteltanks verbunden, aus denen die Essensdrucker und Getränkemixer die Rohstoffe zogen, mit denen sie Essen und Trinken bauten. Alle Lebensmittel wurden korrekt hergestellt – nur der Getränkeautomat hielt sich nie an die Eingaben.

Egal wer über ihn ein Getränk orderte: Er bekam ein anderes, oder einen völlig neuen Mix. Diese Eigenkreationen verteilte der Automat teilweise über Wochen, manchmal aber auch nur ein einziges Mal.

Haja hatte den Automaten in den letzten Jahren unzählige Male auseinandergenommen, gereinigt, neu zusammengebaut und alle Röhren zu den Lebensmitteltanks neu verbunden. Nichts half. Der eigenwillige Automat blieb bei seinen exzentrischen Durstlöschern. Niemand wusste, was er erhielt, wenn er ihn benutzte.

Weswegen alle den Automaten in ihre Herzen geschlossen hatten.

Alle außer Haja. Er war wohl das einzige Ding oder Lebewesen, das die Ingenieurin zur Weißglut treiben konnte.

Sie benutzte ihn nie.

Weswegen Sylvester für sie beide Getränke zog, bevor sie sich auf die Couch setzten.

Sylvester streckte die Beine aus, während Haja sie damenhaft übereinanderschlug. »Hm, Waldmeister und Mango, mit einem Hauch Pfefferminz«, murmelte Sylvester und nippte noch einmal an seinem Glas.

»Du hast uns gerufen, Skipper, und hier sind wir!«, verkündete Haja.

»Gerade rechtzeitig«, meinte die Pilotin. Sie drehte sich von ihrer Konsole fort und den Angekommenen zu. Tia lehnte sich breitbeinig vor und musterte ihre Kinder. »Habt ihr im Maschinenraum geholfen?«

»Hinten ist alles klaro«, sagte Robin. Nick nickte nur.

Tia sah zu Haja. »Wer hat mehr Tests bestanden?«

»Nick, aber nur knapp.«

»Es war nur dieser Energiedefibrillator«, stöhnte Robin.

Nick fragte: »Worum ging es bei den Tests überhaupt?«

»Um den Hauptpreis«, sagte Harry. Er saß an der Konsole des Astrogators.

»Okay«, meinte Robin. »Hauptpreis – Überraschung – was soll das alles heißen? Macht es nicht so spannend.«

Tia und Harry warfen sich einen kurzen Blick zu, dann standen sie von ihren Plätzen auf.

»Wie ihr wollt, machen wir es kurz. Nick: ans Ruder. Robin: an die Astrogation. Ihr habt das Kommando über die *Jig*.«

Die Zwillinge standen wie erstarrt. Sollte das wirklich wahr sein? Seit sie denken konnten, träumten sie davon, das Raumschiff zu fliegen. Seit

Jahren nervten sie ihre Eltern, einmal ans Ruder gehen zu dürfen, immer waren sie vertröstet worden. Jeden Flecken der *Jig* kannten sie; überall hatten sie schon geholfen, Reparaturen ausgeführt, die Fracht verladen. Und heute, an ihrem fünfzehnten Geburtstag, war es endlich so weit: Sie würden die *Jig* fliegen!

»Wird's bald«, sagte Harry. »Die *Jig* fällt nicht allein in den Normalraum zurück.«

Nick und Robin grinsten sich an.

Dann stürzten sie an die Konsolen.

Kapitel 3

Da im Normalraum nichts schneller sein konnte als das Licht, fuhren überlichtschnelle Raumschiffe durch den Hyperraum. Dieser Teil des Universums war voller Geheimnisse, niemand verstand wirklich, wie er funktionierte oder welchen Gesetzen er gehorchte.

Herrschte im Normalraum Materie, so war im Hyperraum Agrav vorherrschend: Jener immer noch rätselhafte Urstoff, der im Hyperraum überall war und mit Materie antigravimetrisch interagierte. So schleierhaft Agrav und die damit einhergehenden Effekte immer noch waren, wurde es als effektiver Treibstoff verwendet und seine Domäne – der Hyperraum – war der beste bekannte Weg für Reisen zwischen Sonnensystemen.

Vorstellen konnte man sich den Hyperraum wie ein uferloses Meer, auf dem Raumfahrzeuge ritten wie früher Segelschiffe. Ein ewiger, planetenloser, unberechenbarer Ozean aus unzähligen Strömungen; ruhig wie eine Pfütze oder heftig wie eine Springflut. Durch ihn zogen Gravitationswinde und masselose Strömungen aus Energie; so sachte wie eine Brise oder stürmischer als jeder Orkan.

Als Nick sich an die Pilotenkonsole setzte, rieb er sich die Hände trocken und blickte auf die Anzeigen. Einige waren auf dem Konsolendisplay zu sehen, andere auf dem Fenster vor ihm.

Für einen Moment schaute er an den Anzeigen vorbei. Vor dem Bullauge sah er den orange-goldenen Ring, den sie die Krone nannten. In der Krone steckten Sensoren und die Generatoren für das starke Prallfeld, das vor der *Jig* lag. Es verhinderte einen Zusammenstoß mit noch so kleinen Gegenständen.

Vor der Krone lag undurchdringliche Schwärze. Im Hyperraum konnte das menschliche Auge nichts sehen: keine Sterne, keine Nebel – es schien nichts dort zu geben. Sogar die Sensoren nahmen Agrav um sie herum nicht als Materie wahr. Sie berechneten aus Gravitation und Energie die Umgebung und generierten daraus Karten.

Es war ein fremdartiges Reich – das Nick seit jeher faszinierte.

Hier reiste man, indem man die Schwerkraftwinde mit Gravosegeln einfing. Diese Segel aus Energie spannten sich zwischen den Masten, die aus den Triebwerksauslegern und Heckflügeln ragten. Auf den Anzeigen konnte Nick erkennen, wie die Segel aufgestellt waren und wie sie die Gravitationswinde einfingen.

Robin stieß ihn sacht an.

Nick kehrte in die Gegenwart zurück.

Die *Jig* machte gute Fahrt und näherte sich einer Ansammlung von Schwerkraftquellen. Im Normalraum lagen dort vermutlich jene Planeten, Monde und die Sonne, die die *Jig* zum Ziel hatte.

Nick war im letzten Jahr immer wieder ein Raumschiff geflogen – in einer Simulation. Seine Eltern hatten ihn unterrichtet, so wusste er genau, was zu tun war.

Er tippte auf zwei Felder der Konsole und einen Moment später erschien auf dem Vorderfenster der Name des Sonnensystems und eine schematische Darstellung mit den wichtigsten Daten. Nick hatte richtig vermutet: Vor ihnen lag das Gomani-System. In ihm die Raumstation Kajip, sie war das Ziel ihrer Reise.

Wie es das Protokoll vorsah, meldete Nick: »Gomani-System voraus.«

»Schon gesehen«, erwiderte Robin. Sie saß links neben ihm und tippte Befehle in die Konsole der Astrogation.

Während es Nicks Aufgabe war, das Raumschiff zu steuern und es vor jedem Schaden zu bewahren, kümmerte sich Robin um die Berechnung von Routen und den Funkverkehr.

»Habe Routen für den Eintritt in den Normalraum berechnet«, meldete sie. Mit einem Tippen schob sie die Daten auf das Bullauge.

Dort erschienen nun mehrere Grafiken, die Nick verschiedene Übergangspunkte zeigten vom Hyper- in den Normalraum und von dort mögliche Flugbahnen zur Kajip-Station. Die einen waren kurz, würden aber viel Treibstoff verbrauchen; andere führten sie langsamer ans Ziel, waren aber sparsamer.

Nick entschied sich für einen Mittelweg. Er wählte die Route aus, und sofort verschwanden die anderen. Auf dem Fenster erschien ein Tunnel aus grün-gestrichelten Quadraten; solange er durch sie flog, war er genau auf Kurs.

Natürlich hätte er jetzt auf Automatik schalten können und der Schiffscomputer hätte sie von allein gesteuert.

Nur: Wo war dabei der Spaß?

Nick aktivierte den Bordfunk. Die ganze Besatzung der *Jig* war auf der Brücke, aber so war es Vorschrift und er spürte, dass seine Eltern jede seiner Gesten beobachteten.

»Hier Brücke«, meldete Nick und wusste, seine Stimme war überall auf dem Schiff zu hören – schlagartig wurde seine Kehle trocken. Mit roten Ohren räusperte er sich und sagte: »Wechseln in den Normalraum in dreißig Sekunden.«

Hatte er gequietscht?

Er sah über seine linke Schulter. An der Astrogation biss sich Robin auf die Lippen, um ein Grinsen zu unterdrücken. Aufmunternd zeigte sie einen erhobenen Daumen.

Und schon war keine Zeit mehr, um sich um etwas anderes zu kümmern, als um den Flug.

Er legte die Hände an das Steuerhorn; es hatte die Form einer Brezel und war mit allen nötigen Tasten versehen, um die wichtigsten Schaltungen vorzunehmen ohne es loslassen zu müssen.

Mit einem Tastendruck aktivierte er die Emitter, die eine Bresche zwischen Hyper- und Normalraum erzeugten. Vor der *Jig* baute sich ein Cygon-Trichter auf – weitete sich, bis er groß genug war, dass der Klipper hindurch passste.

Die Sensoren des Raumschiffs empfingen auf der anderen Seite des Trichters Signale aus dem Normalraum.

Nick war völlig konzentriert, steuerte das Raumschiff auf den Trichter zu, jedes Zielquadrat leuchtete beruhigend grün.

Der Übergang zwischen Normal- und Hyperraum war gefährlich, denn die Schwerkraftfelder der beiden überlappten sich und bildeten Scherkräfte, die jedes Schiff leicht zerstören konnten.

Deshalb musste man sehr aufpassen, wo man den Hyperraum verließ: bloß nicht zu nahe an einem Mond, Planeten oder gar einer Sonne. Je kleiner das Schiff, desto näher konnte es an einem Objekt mit großer Schwerkraft zwischen Normal- und Hyperraum wechseln.

Nur gab es noch etwas zu bedenken: Je weiter entfernt man von seinem Ziel in den Normalraum kam, desto länger musste man durch diesen fliegen. Je größer ein Raumschiff also war, desto länger war die Strecke, die es zurücklegen musste, um an sein Ziel zu gelangen; das konnten schon mal Stunden, wenn nicht gar Tage sein.

Die *Jig* war groß genug, um einiges an Fracht zu transportieren, dazu klein genug, um recht nahe an Planeten den Hyperraum zu verlassen – deswegen eignete sie sich so gut als schnelles Postschiff.

Um diesen Vorteil zu nutzen, hatte Nick einen Kurs gewählt, der sie nahe an den zweiten Planeten des Gomani-Systems brachte.

Sein Plan ging auf.

Als die *Jig* mit einem Viertel Lichtgeschwindigkeit den Hyperraum verließ, waren sie nur knapp außerhalb der Gefahrenzone, die vom zweiten Planeten ausging. Der Sicherheitsabstand, den Nick eingehalten hatte, würde ihren Flug nur etwa eine Stunde verlängern als notwendig.

Hinter der *Jig* zerfiel der türkisfarbene Cygon-Trichter. Auch die Gravosegel lösten sich auf, schillernd wie ölige Seifenblasen, und die Masten fuhren zurück in die Flügel.

Die *Jig* raste mit Dreihundertmillionen Stundenkilometern durch das Weltall.

Nick drehte zwei Schalter am Steuerhorn: Die Haupttriebwerke nahmen ihre Arbeit auf. Agrav fuhr präzise gesteuert aus den Tanks, und dank seiner antigravimetrischen Reaktion auf die Materie des Normalraums, gab es der *Jig* einen Bewegungsimpuls. Effizienter und stärker, als es je ein chemischer Treibstoff gekonnt hätte.

Nick spürte ein leichtes Vibrieren – so war es immer, wenn die Massenträgheit auf Volllast gedämpft wurde. Man fühlte es im ganzen Raumschiff. Würden die Trägheitsdämpfer jetzt versagen – es wäre die sofortige Zerstörung der *Jig*.

Nicht darüber nachdenken. Du hättest gar keine Zeit zu bemerken, wie du stirbst, beruhigte sich Nick.

Nick öffnete wieder den Bordfunk. »Übergang in den Normalraum abgeschlossen. Alle Systeme normal.«

Als er jetzt zu seiner Schwester hinübersah, grinste sie vor Begeisterung – und er grinste breit mit.

»Gut gemacht«, sagte Harry. »Robin: Alle Routen waren sehr gut gewählt. Nick: Der Übergang war fast ruckelfrei – sowas hätte ich gerne öfters.«

Tia gab das Necken zurück: »Die Pilotin ist nur so gut wie der Astrogator. Aber das war wirklich gute Arbeit.«

»Na ja«, murrte Sylvester, »ein bisschen näher dran hätte es schon sein dürfen. Jetzt hocken wir eine Weile einfach rum.«

»Ach, sei still Zottel.« Haja gab einen kurzen Applaus. »Habt ihr Spitze gemacht, meine Lieben.«

»Na denn«, sagte Tia. »Robin, klopf an.«

*

Wenn man in ein bewohntes Sonnensystem flog, gehörte es sich, über Funk zu melden, wer man war und was man wollte. Das war die Aufgabe der Astrogatorin.

Robin fand den offiziellen Funkkanal der Raumstation Kajip, aktivierte den eigenen Sender und meldete: »Hier ist der Express-Frachter *Jig*, Kennung TPXF-072. Terranische Postflotte. Wir erbitten Andockerlaubnis an Kajip-Raumstation.«

Sofort wurde ihr Ruf beantwortet. Auf dem Fenster erschien das Abbild eines Corcoro: Das Wesen hatte einen Kopf ähnlich eines Vogels, mit schwarzgrauem Gefieder und einem mächtigen, grünrosa gestreiften Schnabel. Schlappohren hingen an der Kopfseite herab und drei Augen blickten sie an. »Hier Kajip-Kontrolle, willkommen zurück *Jig*. Ihr seid früh dran.«

Robin und ihre Gegenüber unterhielten sich in Galaktowelsch. Diese Sprache war ein Mix aus allen Sprachen der Völker aus dem Sektor. Sie hatte sich frei entwickelt und war ein Kompromiss aus Worten und Satzbau, den die meisten Völker aussprechen und verstehen konnten. Alle an Bord der *Jig* sprachen Galaktowelsch fließend.

»Dank den guten Winden«, erwiderte Robin in Raumfahrertradition. Sie las den Namen der Corcoro am Schild auf der Brust ihrer Uniform ab. Da die Schnabelfärbung typisch für eine weibliche Corcoro war, fragte Robin: »Frau Garall, wie seid ihr gerade belegt? Kriegen wir einen Andockplatz in der Nähe des Marktes?«

»Mal sehen, was ich machen kann. Könnt Ihr mir eine Frachtliste schicken?«

»Ist unterwegs.« Robin schickte eine Liste mit den an Bord befindlichen Paketen los. Da das Postgeheimnis gewahrt werden musste, stammten die Frachtbezeichnungen von den Versendern – mehr wusste die *Jig*-Crew selbst nicht.

Garall studierte die Liste. »Andockplatz drei ist noch nicht besetzt.«

Das war ein guter Platz, recht nahe am großen Markt. »Dann nehmen wir den doch und halten Sie nicht länger auf. Ihr habt sicherlich viel zu tun. Ich meine, mit dem Djibril-Cup und alldem.«

»Ja, es ist ziemlich stressig«, antwortete Garall. »Die meisten Zuschauer sind zum Glück nur auf der Durchreise, parken ihre Schiffe am Nebel und kommen auf die Station zum Shoppen. Wir hätten gar nicht genug Hotels für alle.«

Robin kannte Kajip-Station, sie waren schon öfters hier gewesen und sie hatte sie immer als recht groß empfunden. Dass die Station ausgebucht sein sollte, konnte sie sich nur schwer vorstellen. »Ist der Cup so beliebt?«

Garall sah überrascht auf und blinzelte mit den drei Augen. »Sicher. Oh, ich vergaß, ihr Terraner seid ja noch nicht so lange in der Gegend. Der Djibril-Cup ist das größte Sportereignis der letzten zwanzig Standard-Jahre. Jeder Rennpilot, der was auf sich hält, ist dabei.«

»Ist der Preis denn so hoch?«

»Der Sieger gewinnt einen Planeten!«

»Einen ... einen Planeten?«, fragte Robin überrascht. Sie sah zu Nick, der genauso erstaunt aussah.

»Ja, das hat Ihre Merkantile Majestät gestern angekündigt. Das ist wirklich mal was Anderes. Ich meine, die meisten fliegen wegen des Prestiges mit, denn allein die Strecken sind eine Herausforderung. Ich meine, der erste Parcours geht durch den Schotternebel, und da traut sich niemand rein, wenn er nicht muss. Aber das ist ja erst der Anfang. Dazu kommen noch die Lösungsaufgaben.«

Robin hatte gerade die Flugroute angepasst, damit Nick die *Jig* zu Platz drei fliegen konnte. Sie schickte ihm den Kurs zu und sah auf. »Welche Lösungsaufgaben?«

»Oh, Verzeihung«, sagte Garall, »es kommt gerade eine Nachricht rein.« Sie drehte sich zur Seite, hörte jemandem zu, der nicht zu sehen war. »Ist er denn schon da?«, fragte sie. Die Antwort des Unsichtbaren war nicht zu hören. »Aber die *Jig* könnte sofort ... ist ja gut.«

Garall wandte sich wieder an Robin. »Wie ich eben erfuhr, ist Andockbucht drei bereits belegt. Bitte weichen Sie auf Platz acht aus.«

»Acht?«, entfuhr es Robin. »Das ist nicht mal mehr am Markt!«

»Ähm, ja, da haben Sie recht. Aber das war ein Buchungsfehler – tut mir leid.«

Robin blickte auf die Anzeigen der Astrogation. Alle Sensoren überprüften das Sonnensystem und sie fand keine Spuren, dass kurz vor ihnen oder kurz nach ihnen ein weiteres Frachtschiff angekommen war. Wer also sollte schneller als sie an der Andockbucht drei anlegen können?

»Ich kann keinen anderen Frachter orten«, sagte sie zu Garall. »Ist Bucht drei gerade belegt?«

»Sie ist vorgemerkt.«

»Vorgemerkt?«, hakte Robin nach. »Wir sind ein Expressfrachter, damit haben wir schon eine höhere Dringlichkeitsstufe als ein normaler Frachter. Unsere Fracht sind persönliche Sendungen, keine anonymen Massengüter. Die Leute auf ihrer Station warten auf sie! Die Versender haben einen stolzen Betrag gezahlt, damit ihre Sendungen rasch ankommen. Es sind Zeichen der Freundschaft, vielleicht sogar der Liebe.«

»Wollen Sie mir ein schlechtes Gewissen einreden, Frau Ambrose?«

64

»Klappt es denn?«

»Nein, es geht rein ums Geschäft.«

Robin spürte Wut in ihrem Bauch. »Und der Vormerker ist nicht zufällig auch ein Corcoro? Wie sie zufällig eine sind – und die Hälfte des Personals auf Kajip?«

»Unterstellen Sie mir Vorteilsnahme?«, fragte Garall scharf.

»Stimmt es denn?«, gab Robin ebenso scharf zurück.

Da spürte sie eine Hand auf der Schulter. Sie blickte auf zu ihrem Vater. Er erwiderte ihren Blick und zuckte die Schultern. Manchmal konnte man gegen eine Ungerechtigkeit nichts tun.

Harry sah zu Garall und sagte: »Bitte weisen Sie uns zu Andockbucht acht.«

»Mit Vergnügen.«

Robin starrte auf die Anzeigen ihrer Konsole. Sie fühlte sich vorgeführt, und von ihrem Vater sogar etwas im Stich gelassen. Hätte er sie nicht unterstützen müssen? Sagte er nicht immer wieder, dass man sich wehren sollte, wenn man betrogen wurde? Und genau das war doch gerade passiert.

Harry drückte eine Taste und beendete damit die Funkverbindung zu Garall. Er lehnte sich an die Astrogations-Konsole und blickte Robin in die Augen. »Wähle deine Streits.«

»Sie hat uns verarscht.«

»Sie hatte nicht das Kommando. Es wurde ihr befohlen.«

»Trotzdem muss man es ihr ja nicht auch noch einfach machen!«

Ein Piepen verkündete, dass Kajip-Station ihnen die Flugdaten überspielt hatte. Mit einem Knoten im Magen leitete Robin sie an Nick weiter.

Im gleichen Moment registrierten die Sensoren einen Cygon-Trichter im System. Ein Schiff kam aus dem Hyperraum. Es war etwas kleiner als die *Jig*, und doch war es ein gutes Stück weiter draußen in den Normalraum gewechselt. Es würde fünf Stunden länger zur Kajip-Station brauchen als sie. Entweder war der Pilot ängstlicher oder ungenauer als Nick.

»Es schwenkt auf den Kurs ein, der zur Andockbucht drei führt«, meldete Robin.

Tia stand auf und rieb ihre Schläfen, als wäre sie eine Wahrsagerin mit einer Vision. »Sagt nichts«, meinte sie in gespielt theatralischem Ton, »ich kann mit meinem Geist ins All blicken. Ich sehe einen mittelgroßen Frachtraumer, der einen Tag vor uns auf die Reise gegangen ist. Sein Kapitän ist ein Corcoro, ein miserabler Pilot aber mit offenem Geldbeutel, um die Leute an den Flugkontrollen zu schmieren.«

»Was ihm nie bewiesen werden konnte«, wandte Harry ein.

»Stör nicht meine Kreise, Ungläubiger«, wischte Tia den Einwurf fort. »Ich sehe ihn näher kommen, ihn: Magrap Nol!«

Robin las die Daten, die der Schiffscomputer über den Neuankömmling ausgab. »Mom hat recht: Es ist Nols Schiff, die *Arococ*.«

Tia klatschte in die Hände. »Seine dunkle Aura überschattet dieses Sonnensystem und nur eine Handvoll aufrechter Postfahrer stellt sich seiner Macht entgegen!«

Robin, Nick und die anderen mussten bei Tias Laientheater grinsen.

»Nehmen wir die Herausforderung an? Kämpfen wir für die hehren Werte der Postfahrer überall in der Galaxis? Ja, lasst es uns tun.«

»Lassen wir es gut sein«, meinte Harry. »Wir machen unseren Laden immer noch vor ihm auf.«

Wieder piepte es auf der Astrogation-Station. Robin knirschte mit den Zähnen. »Wir haben eine neue Flugroute übertragen bekommen. Mit der brauchen wir sieben Stunden länger als geplant – die *Arococ* wird vor uns an Kajip andocken.«

Diese Unverschämtheit ließ Haja von der Couch aufspringen. »Dann sehen wir aus wie eine lahme

Ente, die keine Ahnung vom Fliegen hat. Die Leute werden uns nicht mehr ernst nehmen.«

Und Opa Sylvester fügte hinzu: »Für so was hätten wir die Strolche früher zu einem Duell gefordert!«

Robin sah zu ihrem Bruder. Auch Nick blickte sauer drein. Sie waren ein Express-Frachter, wer sie beauftragte, wollte seine Post so schnell wie möglich von einem Ort zum anderen schicken und zahlte dafür gutes Geld. Wenn die *Jig* so lange im Raum trudelte, bis die *Arococ* sie überholte, würden alle ihre Post bei der *Arococ* aufgeben. Das würde das Geschäft der Ambroses empfindlich treffen. Auch auf die terranische Post würde es kein gutes Licht werfen.

Als Tia jetzt sprach, war die Wut in ihrer Stimme nicht mehr gespielt. »Bleibt auf dem jetzigen Kurs!«

»Gegen die Anweisungen der Flugkontrolle?« Robin war sich sicher, dass das großen Ärger bedeuten würde.

Tia nickte. »Wir bleiben auf Kurs. Ich will vor diesem Schmierlappen Magrap unseren Laden öffnen!«

Nick warf ein: »Aber die Strafgebühren ...«

»Zahlen wir«, sagte Harry und stellte sich neben Tia. »Gib Gas, Junge.«

Kapitel 4

Nick hatte die *Jig* sicher an Kajip-Raumstation angedockt. Auch wenn das schon ein paar Stunden her war, wurde er immer noch ganz zappelig, wenn er daran dachte. Paps und Ma und Haja hatten ihm gratuliert. Robin war es gelungen, in der kurzen Zeit einen Wimpel für ihn zu basteln, der jetzt rot leuchtend an der Brust seiner Postuniform klebte.

Sogar Opa hatte zufrieden gebrummelt.

Er hatte die *Jig* geflogen!

»Du grinst, als hättest du einen Krampf«, foppte ihn Robin und lächelte. »Dabei ist doch klar, warum du die alte Mühle ohne einen Kratzer geparkt hast.«

»Wegen der tollen Astrogatorin«, gab Nick zurück.

»Du hast es erfasst.« Robin warf sich theatralisch in die Brust.

»Am liebsten würde ich sofort wieder losfliegen.«

»Beim nächsten Mal sitze ich am Steuer.«

»Träum weiter.«

»Tu ich – und wenn die Zeit reif ist, bringt uns Opa zum terranischen Geheimdienst. Dann ermitteln wir gegen Schurken und schützen die Erde!«

Nick nickte: »Genau wie Constant Time.«

»Glaubst du wirklich, seine Fälle sind echt so passiert, wie sie im Teleholo gezeigt werden?«

Nick schüttelte den Kopf. »Nein, bestimmt nicht. Damit würde man ja all die Geheimnisse verraten, die er schützen will. Aber sie basieren bestimmt auf echten Fällen.«

»Wenn Opa nur zugeben würde, dass er ein Agent ist!« Robin verdrehte verzweifelt die Augen. »Niemand kommt so weit in der Galaxis rum und hat so viele Jobs gemacht, nur weil er Wanderlust im Herzen hat.« Mit den letzten Worten imitierte sie ihren Opa, da er es immer so ausdrückte. »Da muss der terranische Geheimdienst dahinter stecken, der ihn mit fadenscheinigen Jobs überall hingeschickt hat.«

»Das ist die einzig logische Erklärung«, stimmte Nick ihr zu. Dieser Gedanke war Robin vor gut einem Jahr gekommen, als Constant Time in einer Folge seiner Teleholo-Serie sich als Kattundrucker getarnt hatte. Und Opa hatte erzählt, dass auch er einmal als Kattundrucker gearbeitet hatte. Robin war sofort darauf angesprungen und behauptete, der Fall dieser Folge von Constant Time basierte auf dem Leben ihres Opas; Nick hingegen war skeptisch geblieben. Bis Robin in den Nachrichtenarchiven Meldungen fand, die als Grundlage der Folge verwendet worden waren – und die Meldungen waren zu der Zeit erschienen, als Opa Kattundrucker an eben jenem Ort gewesen war.

Zufall?

Es lief wie immer: Robin brachte die Idee und Leidenschaft, Nick den Plan und die Ausdauer. Seitdem merkten sie sich jede Äußerung von Opa, wo er wann als was gearbeitet hatte, verglichen es dann mit den Nachrichten der Zeit und darauf folgend durchforschten sie alle alten Folgen der Serie *Constant Time – Agent für Terra*. Tatsächlich konnten sie bei über der Hälfte aller Geschichten Übereinstimmungen finden. Für Robin und Nick war seitdem klar: Opa war einmal Agent für den terranischen Geheimdienst gewesen. So erfolgreich, dass seine Abenteuer als Grundlagen für die Teleholo-Serie genutzt wurden.

Das war so aufregend, dass sie seitdem nur noch daran denken konnten, es ihrem Opa gleichzutun: Durch die Galaxis reisen, Geheimnisse bewahren, gemeine Schurken erledigen, Gefahren für Terra und den Kooperationssektor abwehren.

Natürlich sprachen sie Opa nie darauf an – er konnte all das nur verneinen, was denn sonst?

Immerhin hatte er einen Eid der Verschwiegenheit geschworen. Nur – waren seine erfundenen Berufe und seine ständigen Erzählungen darüber nicht deutliche Hinweise? Er wollte, dass Robin und Nick seine Vergangenheit entschlüsselten und irgendwann – wenn sie dem gewachsen sein würden – käme er auf sie zu, um sie zu rekrutieren. Auf diesen Tag fieberten Nick und Robin hin.

Nur: Bis es so weit war, mussten sie Postdienst schieben. Was im Moment bedeutete: im Lagerraum der *Jig* stehen, die Pakete heraussuchen und sie nach draußen schaffen.

Nick hielt Wache am Förderband. Es lief von der Steuerbord-Frachtluke den Anlegetunnel entlang bis hinüber auf Kajip. Dort nahm Paps die Pakete herunter und übergab sie den Empfängern.

Robin saß hinter dem Greifer des Frachtkrans. Sie hätte ihn auch vom Boden aus fernsteuern können, aber so war es spaßiger. Sie lenkte ihn, so dass er sie durch die Halle hob und vor dem Regal stehen blieb, in dem die Pakete für Kajip-Station verstaut waren. Der Greifer nahm das nächste Paket und meldete die Adressdaten an Robin, Nick und die anderen. Dann hob sie der Kranarm wieder zu Nick und legte das Paket auf das Förderband. Nach einem kurzen prüfenden Blick schickte er es hinaus.

Robin sagte: »Wir kriegen aber viele Lieferungen weg, die Kunden scheinen auf uns gewartet zu haben.«

»Das ist das Gute, wenn man der flotteste Postfrachter ist: Dein Name spricht sich rum.«

»Wir verbringen wahrscheinlich die ganze Nacht hier«, stöhnte Robin und schon hob der Kran sie empor.

»Na ja, wir durften die Mühle fliegen«, sagte Nick und grinste wieder.

»War es wert«, sagte Robin überzeugt.

»War es.«

Beide seufzten in seeliger Erinnerung.

»Na, ihr beiden – habt ihr Sylvester die Schokolade aus der Küche geklaut?«

Die Zwillinge fuhren überrascht herum, entspannten sich aber sofort. Durch die Frachtschleuse trat Andrew McClintock, der Leiter des Postamts auf Kajip-Station.

»Nein, Herr McClintock – wir durften die *Jig* fliegen!«, sagte Robin strahlend.

Andrews Augen wurden groß. »Sie sieht unbeschädigt aus.«

»Kein Kratzer«, sagte Nick.

»Perfekte Landung«, sagte Robin, die sich zu Andrew und Nick tragen ließ.

Andrew lächelte zaghaft. »Dann ist ja gut. Wie läuft das Geschäft?«

»Die meisten Sendungen wurden abgeholt«, sagte Robin. Sie hielt ihm ihr MultiArmband hin, auf dem die Abgänge verbucht waren.

Andrew legte sein Armband auf ihres, damit die Daten übertragen wurden. Danach übertrug er Daten zu Robin. »Und hier die neuen Sendungen, die sich bei mir gesammelt haben.«

Robin teilte die Frachtliste mit der ganzen Besatzung.

Nick las sie und murmelte: »Darlton vier, Cherryh-Station ... – ist ja gut was zusammengekommen.«

»Ja, das Geschäft läuft. Ich bringe sie rüber, sobald ihr ausgepackt habt. Ich habe mit euren Eltern gesprochen und wir gehen gleich zum Postler-Treffen. Kommt ihr mit?«

Die Geschwister warfen sich einen Blick zu. »Ist Durag auch dabei?«

Andrew grinste schief. »Oh ja, Linh hat ihn persönlich eingeladen.«

»Dann wird es bestimmt spaßig.«

Nick sagte: »Es war viel Verkehr um die Station. Sind das alles Zuschauer für den Djibril-Cup?«

Andrew sah vom Armband auf. »Zuschauer? Nein, das sind alles Teilnehmer!«

»Aber es waren Dutzende.«

»Die erste Etappe des Cups steht jedem offen und jeder Jockey aus dem Koop oder den vier Reichen ist hier, um sein Glück zu versuchen.«

»Das ist nur die Qualifikationsrunde, oder?«

»Ja. Das Feld wird in der ersten Etappe ausgesiebt. Die fünf schnellsten durch den Schotternebel fliegen dann den restlichen Cup. Alle anderen können sofort nach Hause fliegen. Die ganze bekannte Galaxis schaut zu, es ist schon eine Ehre, unter den Qualifizierten zu sein. Die müssen dann Aufgaben lösen und schnell an den Teilzielen sein. Alles bringt Punkte und nur wer clever und schnell ist, holt sich den Titel.«

»Kriegt der Gewinner wirklich einen Planeten?«

»Ja. Es ist Urpajid.«

»Ist schon irre, wirklich. Ich meine, wir Terraner wohnen gerade mal auf zwei Planeten, und die Merkantile Majestät kann einfach so einen verschenken.«

Robin verschränkte die Arme vor der Brust. »Lebt denn da keiner?«

Andrew zuckte mit den Schultern. »Urpajid ist wohl bewohnbar, wurde aber die letzten Jahrzehnte ausgeschlachtet. Alle wichtigen Vorkommen an Erzen und so wurden abgebaut, ohne Rücksicht auf die Pflanzen- und Tierwelt. Intelligentes Leben gab es nicht, und die Wildtiere haben sich nicht beschwert. Jetzt leben dort nur Arbeiter. Der Abbau lohnt sich wohl nicht mehr für die Merkantile Majestät, deswegen will sie ihn abstoßen. Die Einnahmen für die Ausstrahlung des Djibril-Cups bringen wohl mehr Gewinn.«

»Gucken sich den denn so viele an?«

»Der Letzte war das größte Medien-Fest seiner Zeit. Damit niemand etwas verpasst, werden Roboter seiner Majestät auf den Schiffen der Teilnehmer mitreisen und alles übertragen.«

Nick schüttelte den Kopf. »Das würde mir total auf die Nerven gehen, die ganze Zeit beobachtet zu werden.«

Robin sagte: »An dem Cup teilzunehmen ist bestimmt spannend. Ich meine, das klingt doch superaufregend: Wilde Rennen, Abenteuer bestehen, Rätsel knacken. Wäre das nichts für uns?«

Nick machte eine Geste in den Laderaum. »Wir haben viele Aufträge.«

Andrew sagte: »Ganz abgesehen von den Startgebühren – die sind viel zu hoch für euch.«

Robin musterte den Filialleiter. »Woher weißt du, wie hoch die Startgebühren sind?«

Plötzlich sah sich Andrew von den beiden Kindern neugierig beobachtet. »Habe ich wohl irgendwo zufällig aufgeschnappt«, erklärte er – wenig überzeugend.

Um abzulenken, sah er das Förderband herab. »Wieso wird denn kein Paket mehr angefragt?«

Jetzt fiel es auch den Kindern auf, dass der Fluss an Sendungen abgerissen war. Sie sahen den Tunnel entlang. Es standen noch Leute am Schalter: Gehörnte Bris und Nevins mit ihren vier Armen waren darunter. Aber keiner wurde bedient. Stattdessen stritten Tia und Harry lautstark mit jemandem.

Robin erkannte sofort, wer sie da so wüst beschimpfte: Magrap Nol. Der Kerl, der die Flugwacht bestochen hatte, stand am Postschalter und gestikulierte aufgebracht.

Sofort liefen Robin, Nick und Andrew durch den Tunnel zum Postschalter. Sylvester saß auf einem Schemel und balancierte seinen Hut.

Harry, Tia und Haja standen Schulter an Schulter, als wollten sie eine Mauer bilden. Sie alle trugen die Postuniform: eine diagonal geknöpfte mitternachtsblaue Jacke mit gelber Brust und Ärmeln, dazu ebenfalls blaue Hosen mit gelben Schenkeltaschen.

Ihnen gegenüber stand eine Gruppe aufgebrachter Corcoros. Der größte der Vogelmänner streckte den Arm aus und zeigte auf Tia.

»Ich sage: Festnehmen, sofort!«, rief der Corcoro. »Sie sind eine Gefahr für die Raumfahrt!«

Magrap Nol war nun sogar so dreist, sie eines Vergehens anzuklagen.

Der Wachtmeister, ebenfalls ein Corcoro, stellte sich zwischen Magrap Nol und Harry. »Pilot Nol behauptet, ihr hättet einen Kurs geflogen, der seine Rechte und Sicherheit gefährdet hat, nur um schneller anzudocken und eure Poststation vor ihm öffnen zu können. Dadurch wäre seine Sicherheit gefährdet gewesen.«

Augenblicklich platzte Nick wütend heraus: »Wir haben keinen Raumer geschnitten!«

»Du hast doch geschummelt, nicht wir!«, unterstützte ihn Robin.

»Genau, der hat die Flugkontrolle geschmiert.«

»Er ist ein fieser Schmierer!«

»Schmierer!«, rief Nick.

Magrap Nol richtete sich zu seiner vollen Größe auf, er wedelte sogar mit seinen Armen wie ein aufgebrachtes Huhn. »So eine Infamie! Wachtmeister, diese Beleidigung nehmen Sie sofort zu Protokoll.«

Der angesprochene Polizist tippte auf einen Kasten an seiner Schulter. »Ich zeichne alles auf.«

»Umso besser! Führen wir sie gleich auf die Polizeistation!«

»Immer sachte, Herr Nol«, sagte der Wachtmeister in einem ruhigen, sachlichen Tonfall. »Was für Herrn Nol wohl wichtiger ist: Ihr habt ihn damit ein paar Kunden gekostet, die den falschen Eindruck bekommen haben, ihr wäret die schnelleren Express-Piloten. Stimmt das?«

Harry nickte. »Sie haben völlig recht, Herr Wachtmeister: Wir sind die schnelleren Express-Piloten.«

Der Wachtmeister seufzte.

Magrap Nol rief aus: »Da haben Sie es! Kein Respekt vor den geltenden Gesetzen; kein Schuldbewusstsein. Was braucht es noch, bis diese Raumrowdys zur Rechenschaft gezogen werden?«

Die Corcoros hinter Nol – offensichtlich ein Teil seiner Mannschaft – stimmten ihm lauthals zu.

Der Wachtmeister ließ sich nicht aus der Ruhe bringen. »Was ist mit den anderen Behauptungen?«

Harry Ambrose sagte: »Wir waren vor Nol im System und wir sind näher an der Station aus dem Hyperraum gewechselt. Früher da, kürzerer Weg – da ist es nur logisch, dass wir schneller hier sind.«

»Ihr habt euch vorgedrängelt und uns abgedrängt«, hielt Nol dagegen.

»Wie das denn?«, fragte Robin aufgebracht. »Wir waren näher an der Station, ihr wart hinter uns, wir konnten euch nicht in die Quere kommen. Höchstens wenn wir rückwärts geflogen wären.«

»Die Flugkontrolle hat euch befohlen, uns vorzulassen!«

Spitz sagte Nick: »Und warum genau hat sie das getan?«

»Sie hatte dafür sicher gute Gründe«, gab Nol bissig zurück.

»Die würde ich gerne hören.«

»Werd nicht frech, Kleiner«, zischte Nol.

»Wow, reiß den Schnabel nicht zu weit auf!« Das kam von Tia, die sich kampflustig vor Nol aufbaute, obwohl dieser zwei Köpfe größer war als sie.

Nol flatterte noch stärker. »Dann sag deinem Küken, er soll respektvoll mit mir reden.«

Tia prustete. »Wieso? Sogar dieses Küken fliegt besser als du. Denn er saß am Steuer und hat dich unsere Abgase schmecken lassen.«

Zum ersten Mal ging Nol einen Schritt zurück. Offensichtlich hatte Tia einen Treffer gegen seine Selbstherrlichkeit gelandet. Im nächsten Moment schlug er zurück: »Ein Küken saß am Steuer eures Schiffes? Auch das ist ein Verstoß gegen die Regeln!«

Triumphierend sah er sich zu seinen Leuten um, aber deren Stimmung war getrübt. Sie dachten noch darüber nach, dass dieser Junge sie hatte aussehen lassen wie lahme Enten.

Vielleicht war ihr Kapitän doch nicht die beste Wahl, um ein Express-Schiff zu steuern.

Magrap Nol bemerkte die schlechte Stimmung in seiner Mannschaft und bedrängte den Wachtmeister: »Jetzt tun Sie doch was!«

Der Polizist tippte auf seinen Jackenärmel, woraufhin auf der Innenfläche seines Handschuhs eine Tastatur und auf dem Ärmel ein Monitorfeld aufleuchteten. »Also, da haben wir: Verstoß gegen die Vorgaben der Flugkontrolle. Pilotierung eines Raumschiffes durch Minderjährige.«

Harry warf ein: »Das war ein Testflug zum Abschluss der Pilotenausbildung unserer beiden Kinder.«

»War das mit der Flugkontrolle abgeklärt?«

»Das haben wir vergessen.«

»Vergessen, natürlich.« Der Polizist tippte noch etwas weiter und wiegte dabei den Kopf. »Da kommt eine schöne Summe an Strafgelder auf euch zu.«

Harry betrachtete die Summe auf dem Ärmel. Er schluckte und zog die Geldkarte, um den Betrag gleich zu überweisen. »Geht in Ordnung.«

Magrap Nols Kopf ruckte herum und er starrte den Polizisten an. »Sie müssen denen die Fluglizenz entziehen.«

Der Polizist gab Harry die Geldkarte zurück. Skeptisch sah er Magrap an. »Das wäre etwas übertrieben. Ein Bußgeld ist angemessen.«

»Aber nein, die sind eine Gefahr für ...«

»... dein Geschäft«, fiel ihm Robin ins Wort. Sie trat neben ihre Mutter und reckte das Kinn angriffslustig nach vorne. »Das willst du doch: Uns ausbooten, damit du alle Pakete bekommst, die bei uns aufgegeben werden. Denn obwohl du dir den besseren Liegeplatz gekauft hast, will keiner mit so einem lahmen Piloten wie dir Geschäfte machen. Wir sind Express-Flieger und du nur die Schnecken-Post!«

»Ihr seid gar nichts«, fauchte Magrap.

Tia sagte bestimmt: »Wir sind die schnellsten Frachtpiloten der Galaxis.«

Harry versuchte, zu einem freundlichen Ende zu kommen. Er steckte die Geldkarte weg und sagte: »Wir müssen uns das nicht länger anhören. Lasst uns unsere Arbeit machen, die Kunden warten schon.«

Der Polizist unterstützte Harry, indem er sich zwischen Magrap und die Ambroses stellte.

Tatsächlich hatte sich während des Streits eine kleine Traube am Poststand gebildet. Gut ein Dutzend Kunden hielten Pakete in Händen, Tatzen und Tentakeln, während sie interessiert den Ambroses und Magrap zugehört hatten.

In der ersten Reihe stand eine alte terranische Frau, die ihr rosafarbenes Paket auf einer schwebenden Gehhilfe abgelegt hatte. Harry ging zu ihr und fragte: »Sie wollen das Paket aufgeben?«

»Ja, sicher, deswegen bin ich ja hier«, sagte sie. Sie kaute kurz auf der Unterlippe. »Wer ist denn jetzt der schnellste von euch?«

»Wir natürlich«, rief Robin.

»Nein, wir sind schneller als die«, gab Magrap zurück. Seine Mannschaft johlte zur Unterstützung.

Tia winkte ab. »Unsere *Jig* versägt deine Schrottmühle jeden Tag.«

»Ihr hattet nur Glück – meine *Arococ* fliegt euren Schrotteimer sogar mit halbem Schub an die Wand!«

»Niemals.«

»Eure alte Möhre fällt doch schon auseinander, wenn ich dagegen spucken würde. Ihr würdet kein faires Duell gegen mein Schiff gewinnen.«

Die alte Dame klatschte begeistert in die Hände. »Das wäre was: Ein Duell.«

Die Besatzungen der *Jig* und der *Arococ* starten sie an.

Einen Moment herrschte Stille.

Dann redete jeder, ein Durcheinander von Stimmen schwappte durch die Halle, alle warfen ihre Vorschläge in die Runde, wie ein solches Duell aussehen könnte, und wer gewinnen würde.

Es war Andrew McClintock, der mit erhobenen Armen durch die Halle schritt und immer wieder rief: »Ruhe, Ruhe, bitte.«

Langsam hörten sie auf ihn und verstummten. Andrew stellte sich an den Poststand und rief so laut, dass alle ihn hören konnten: »Ihr wollt ein Duell?«

Alle Kunden riefen »Ja!«

Robin und Nick klatschten aufgeregt in die Hände.

Harry sah fragend zu Tia, die nur mit den Schultern zuckte.

»Ihr wollt also ein Duell«, sagte Andrew. »Ich auch. Wie es der Zufall will, haben wir gleich vor der Haustür die beste Rennbahn der Galaxis: Den Schotternebel!«

Ein Raunen ging durch die Halle.

Andrew nickte. »Ja, ihr habt recht verstanden. Ich werde die *Jig* zum Djibril-Cup anmelden.«

Andrew drehte sich zu den Schiffsbesatzungen um. »Macht ihr mit?«

Nick und Robin hüpften aufgeregt. Jetzt sah Harry zweifelnd zu Tia – die wiederum nur mit den Schultern zuckte und sagte: »Sicher.«

Andrew sah zu Magrap. »Nehmt ihr die Herausforderung an?«

Magrap wechselte ein paar Worte mit seiner Mannschaft, bevor er verkündete: »Was sind die Konditionen?«

Andrew verkündete: »Erreicht ein Schiff nicht das Ziel der ersten Etappe des Djibril-Cups, muss die Besatzung das Startgeld für beide zahlen. Das Schiff, das als Erstes durchs Ziel geht, erhält die nächsten drei Ladungen des Verlierers.«

Tia und Harry wechselten einen Blick, mehr brauchte es nicht. Tia sprach für beide und sagte: »Okay.«

Magraps Kopf ruckt hin und her, schließlich sagte er: »Abgemacht.«

»Also dann«, sagte Andrew in den Jubel der Anwesenden. »Wir sehen uns beim Rennen.«

Der Polizist ließ die Anwesenden eine Weile gewähren. Schließlich klatschte er in die Hände. »So, die Sache ist erledigt. Jetzt kümmert sich bitte jeder um seine Angelegenheiten. Kommen Sie, Nol. Gehen wir.«

Magrap Nol sagte in seiner Heimatsprache etwas zu seiner Mannschaft, worauf sie lachten und abzogen.

Robin starrte ihnen hinterher. »Es ist unfair, das wir Strafe zahlen mussten«, klagte sie.

Nick zuckte mit den Schultern. »So läuft es eben.«

»Sollte es aber nicht.«

Tia trat an die beiden heran. »Lasst gut sein. Und jetzt schnell die letzten Kunden bedienen. In einer Stunde ist Postler-Treffen, das wollen wir doch nicht verpassen.«

Tia sah zu Sylvester. »Wir stellen am besten Nelson an den Stand. Er kann die Pakete annehmen und in den Frachtraum tragen.«

»Ich bereite ihn schon mal vor«, sagte Sylvester und ging in die *Jig*.

Robin und Nick folgten ihm gut gelaunt. »Gibt es Popcorn?«, fragte Nick.

Sylvester meinte: »Ohne Popcorn macht Theater doch nur halb so viel Spaß.«

*

Die Sitzungen der Terranischen Post fanden in unregelmäßigen Abständen statt. Da die Mitglieder auf verschiedenen Raumschiffen, Stationen und zwei Planeten lebten, traf man sich nicht an einem Ort, sondern in einer Holovid-Konferenz.

Die Brücke war der größte Raum mit einem Holoprojektor. Sylvester brachte mehrere Schüsseln mit Popcorn. Außer ihm versorgten sich alle mit Getränken aus dem Automaten; sie alle drückten den gleichen Knopf und erhielten unterschiedliche Getränke.

»Ich schalte das Holo ein«, verkündete Tia.

Harry schnüffelte an seinem Getränk, nahm tapfer einen Schluck. »Lecker. Orangen-Brause.«

Haja sah in ihre Tasse, verzog das Gesicht und stellte sie kommentarlos weg.

Nick und Robin setzten sich zu ihrem Opa auf die Couch. Sie probierten ihre Getränke. »Ich habe Banane-Heidelbeer-Saft«, sagte Robin.

»Ich Minze-Limone-Tee«, sagte Nick und verzog das Gesicht.

»Oh, ich mag sauer«, rief Andrew. »Ich habe Kokos-Schoko-Shake. Wollen wir tauschen?«

»Klar«, sagte Nick.

Er ging zu Andrew und war auf dem halben Weg zurück, als ihn eine tiefe Stimme ermahnte: »Sind wir bald fertig, junger Ambrose?«

Nick zuckte zusammen und blieb auf der Stelle stehen.

»Meine Schuld«, rief Andrew. »Ich wollte tauschen.«

Nick nutzt die Ablenkung, um auf das Sofa zu fliehen.

Inzwischen war die Zentrale voll mit den holografischen Abbildern weiterer Postler: Manche saßen auf Bänken, andere in Sesseln, wieder andere an einem Tisch, der nicht abgebildet wurde. Das Holovid schaffte es anhand optischer Tricks, all die Leute in der Zentrale darzustellen, obwohl real niemals alle hier Platz gefunden hätten.

Der Vorsitzende Nigo Linh war ein breitschultriger Terraner mit einem weißen, gestutzten Vollbart und einem Haarkranz. Er stand an einem Rednerpult, auf dem ein kleiner Holzhammer lag. Seine Post-Uniform war frisch gebügelt.

Die einzige weitere gebügelte Uniform trug eine Frau. Ihr brünettes Haar war zu einem Kranz mit Dutt frisiert, das spitze Kinn trug sie immer leicht erhoben. Wiebke Wagner war das Oberhaupt einer Familie von Frachtfliegern, die mit ihr auf der *Blitz* flogen. Die *Blitz* war das schnellste und neueste Schiff der Postflotte, ein Kosmoklipper der Iris-Klasse, gerade vor zwei Jahren vom Stapel gelaufen.

Beim Anblick der beiden, strich Nick unbewusst über seinen zerknitterten Post-Overall.

Geleitet wurde die Sitzung vom Vorstandsvorsitzenden: Nigo Linh, der gleichzeitig der Postleiter auf Terra war. Ihm zur Seite standen zwei Stellvertreter, die jeweils von den Postleitern und den Frachterbesatzungen aus ihren Reihen gewählt wurden. Dies waren im Moment Misa Chiaki von den Frachtfliegern und Chiwetelu Zinder aus den Reihen der Filialleiter.

Chiwetelu war es gewesen, der Nick angesprochen hatte. Er drehte sich nun zu Nigo und sagte: »Wir sind vollzählig.«

Nigo Linh sah auf eine Uhr, die mittig auf seinem Rednerpult stand. Links daneben lag ein Buch mit Füllfederhalter, rechts ein kleiner Holzhammer. Der Vorstandsvorsitzende sagte: »Es ist noch nicht so weit. Noch eine Minute.«

Chiwetelu faltete die Hände, Misa verdrehte die Augen und wippte auf ihrem Stuhl.

Da rief jemand laut: »Hey, Tia, wo liegt ihr gerade?«

»Wir sind auf Kajip, Traid«, rief Tia zurück.

»Ui, so weit draußen?« Traid Garner war ein breitschultriger Mann mit langem Haar und Koteletten. Er trug zur schwarzen Weste verschlissene Bluejeans.

Tia sagte: »Gerade hier müssen wir präsent sein. Magrap Nol will uns ein paar Frachten wegschnappen.«

Ein anderer Postfahrer drehte sich interessiert um. Obwohl sie alle Lichtjahre voneinander entfernt waren, verhielten sie sich so, als säßen sie wirklich beisammen. Das machte eine Holovid-Konferenz über Hyperraum-Relais so angenehm.

»Lohnt sich so ein Trip denn?«, fragte Reiko Iro. Er war erster Offizier der *Sanjuro* und mit deren Kapitänin verheiratet: Misa Chiaki.

»Schon«, erwiderte Tia, »wenn du so einen guten Filialleiter wie Andrew hast.«

»Zuviel der Ehre.« Andrew verbeugte sich verspielt.

Da hämmerte der Hammer des Vorstandsvorsitzenden und die Sitzung hatte offiziell begonnen. Nigo Linh stand nun stramm wie ein Soldat hinter seinem Pult und klappte das Protokollbuch auf. »Es freut mich, euch zu der heutigen Sitzung begrüßen zu dürfen.«

Er sprach mit einer angenehmen Stimme, die nur ins Falsett kippte, wenn er sich aufregte. Was mindestens einmal pro Sitzung passierte. Auf ihren Multiarmbändern schlossen die Postfahrer Wetten ab, bei welchem Tagespunkt es heute passieren würde. Nur Wiebke Wagner war von dem Wettspiel ausgenommen – sie hätte es sofort Linh gepetzt.

»Als erster Punkt auf der Tagesordnung steht die Erinnerung an Frachtgesetze. Wie ich schon auf der letzten Sitzung versuchte zu erklären: Die Einfuhr von Kitzelspinnen nach Luran ist untersagt. Dies sollte allgemein bekannt sein. Nachzulesen im neuesten Postmanifest.«

Dabei fixierte Nigos Blick den Raumfahrer Traid Garner. Der hob in einem laxen Versuch, sich zu entschuldigen die Hände. »Hatte ich vergessen.«

»Ich hatte in der letzten Sitzung extra die aktuellen Änderungen in der neuesten Ausgabe des Postmanifests angesprochen.«

»Glaub ich dir«, sagte Traid nicht sonderlich beeindruckt. »Ist nicht deine Schuld.«

»Nicht meine ...?«, hob Linh an.

Nick sah auf sein MultiArmband. *Traid hat gewettet, Linh kippt schon bei Punkt eins ins Falsett. Wenn er es schafft, gehört ihm der heutige Pott ganz allein.* Nicht, dass das etwas Besonderes gewesen wäre: Traid und Linh waren sich nahezu nie in irgendetwas einig.

Traid winkte gönnerhaft ab. »Das habe ich auch den Zöllnern auf Luran erklärt. Ich sagte: Über sowas informiert uns unser Vorsitzender, aber das ist ihm wohl durchgerutscht, habe ich gesagt. Das kann ja jedem Mal passieren, sie sollen sich einfach bei dir melden, habe ich gesagt. Machen sie, haben sie gesagt, wegen der Strafgebühr.«

»Sie melden sich bei mir, weil du die Einfuhrgesetze missachtet hast?«, fragte Linh erbost.

»Na ja, ich habe es im Manifest nicht gefunden, und du hast es verfasst. Also?«

Da sagte Wiebke Wagner ganz laut: »Kapitel drei, Abschnitt sieben-A. Dort steht es, Traid. Und wenn ich es finden kann, dann du doch sicher auch? Oder nicht?«

Traid atmete hörbar ein. Er würde es nicht über sich bringen, zuzugeben, dass Wiebke in irgendetwas besser war als er selbst. Dafür konnte er sie viel zu wenig leiden.

Was auf Gegenseitigkeit beruhte.

Das fängt gut an, dachte Nick und aß vergnügt Popcorn.

Nigo trommelte mit den Fingern auf das Pult. »Also wirst du für dieses Versäumnis selbst aufkommen müssen. Erneut hast du dem Ansehen der terranischen Post geschadet.«

Traid hob zu einer Erwiderung an, aber Nigo klopfte mit seinem Hammer und wechselte schnell zum nächsten Thema. »Wieder erhielt der Vorstand eine Anfrage, ob Postfrachter bewaffnet werden sollen.«

»Nicht schon wieder«, murmelte Traid so laut, dass jeder es hören konnte.

»Es ist Zeit, dass wir etwas tun«, sagte Reiko und seine Frau Misa nickte ihm zu.

Nigo sah neben sich und fragte sie: »Willst du etwas dazu sagen, Misa?«

»Gerne.« Sie stand auf und stellte sich neben Nigo – der aber am Rand des Pults stehen blieb. Er würde das Pult niemals ganz aufgeben.

Misa stellte sich so weit in die Mitte, wie sie konnte, ohne Nigo schubsen zu müssen.

Nick murmelte leise: »Warum vergrößern sie nicht einfach das Holobild des Pults?«

Schließlich hob Misa an: »Ich weiß, wir haben diese Diskussion schon oft geführt. Bisher wurde immer gesagt, wir sind auf sicheren Routen, wir können uns auf den Schutz durch die Koop-Polizei verlassen. Aber wir sind so erfolgreich, dass unsere Flugrouten immer weiter durch den Kooperationssektor führen. Traid war vor Kurzem am Rand des Sektors, auf Luran. Wir auch. Und was hat dir die Flugkontrolle dort geraten?«

Traid verschränkte die Arme vor der Brust. »Was meinst du?«

»Sie haben dir das gleiche geraten wie uns: Stattet euer Schiff mit Waffen aus. Luran liegt nahe der Allianz der Unbesiegten. In diesem Grenzgebiet

94

sind Spionschiffe unterwegs. Und Schmuggler. Und vielleicht auch Piraten.«

»Und das Militär von Luran patrouilliert da«, hielt Jando Chupra dagegen. »Die paranoidsten Typen im ganzen Koop.«

»Paranoid oder vorsichtig?«, hielt Misa dagegen.

»Warum sollte ich Angst haben, wenn das fähigste Militär patrouilliert?«

»Weil es sicherer wäre, wenn es dort nicht sein müsste?«

»Wir sind Kuriere, keine Soldaten.«

»Es wäre nur zur Abschreckung.«

»Nein«, hielt Jando leidenschaftlich dagegen. »Eine Waffe bringt überhaupt nichts, wenn du sie nicht einsetzen willst. Wenn du eine Blasterkanone auf deine *Sanjuro* montierst, musst du bereit sein zu feuern. Bist du das?«

»Um meine Besatzung zu verteidigen? Meine Familie? Ja.« Misa nickte. Ihr Mann ebenfalls.

Jando machte eine Geste in Richtung Traid. »Hast du den Rat der Luraner befolgt? Hast du dir Kanonen auf dein Schiff montiert?«

Traid sagte ruhig: »Ich denke darüber nach. Wenn wir so stolz auf unsere Unabhängigkeit sind, sollten wir auch für unsere Sicherheit selbst sorgen.«

Jando schüttelte den Kopf. »Das geht doch zu weit.«

Nick sah zu seiner Mutter herüber. Sie saß vornübergebeugt, die Arme auf den Knien und hörte sehr aufmerksam zu. Auch auf der *Jig* war dieses Thema besprochen worden und es gab in der Besatzung dazu unterschiedliche Meinungen. Nick selbst dachte, die ein oder andere Blasterkanone würde nicht schaden. Aber Harry und Haja wollten davon nichts hören. *Mum hat sich noch nicht festgelegt, deswegen folgt sie dieser Diskussion so genau.*

Inzwischen lief die Diskussion durch den ganzen Raum. Es bildeten sich Grüppchen, die sich in ihren Meinungen bestärkten.

Nach einer Weile drängte sich Nigo in die Mitte des Pults. Mit ein paar Hammerschlägen verschaffte er sich Aufmerksamkeit. »Wie ich sehe, ist die Bereitschaft zur Bewaffnung größer als die letzten Male.«

Wiebke Wagner sagte dazu: »Es ist wegen der weiteren Flugwege. Ich meine, vor dreißig Jahren flogen wir nur zwischen Terra und Modesty. Jetzt sind wir fast im ganzen Koop gefragt. Das ist eine ganz andere Situation. Wir müssen uns anpassen.«

»Doch nicht mit Waffen!«, warf Jando ein.

Wiebke sah ihn nicht an, sondern fragte: »Wie denn dann?«

»Wir machen einfach weiter wie bisher. Hat doch bisher super geklappt.«

Misa schüttelte den Kopf und schob Nigo zur Seite. »Wir müssen uns der neuen Lage anpassen.«

Jetzt schüttelte auch Traid den Kopf. »Welcher neuen Lage denn? Von uns wurde noch niemand angegriffen.«

»Noch nicht«, sagte Misa.

»Genau. Aber die Konkurrenz wird rauer«, stimmte Wiebke mit ein. »Wir werden übervorteilt, weil die anderen Völker ihre Beziehungen spielen lassen und uns ausbooten. Erst auf der letzten Tour wurden wir von der Station geworfen, bevor wir alle Fracht aufnehmen konnten. Angeblich war die Landebucht reserviert worden.«

Nigo nickte mitfühlend. »Ich habe sofort ein Beschwerdeschreiben verfasst, Wiebke.«

»Danke, Herr Vorstandsvorsitzender.«

Jando sagte: »Und was hättest du in dieser Situation gemacht, wenn dein Schiff bewaffnet gewesen wäre? Und was hätten Waffen daran geändert? Die Station beschossen?«

»Aber nein«, rief Wiebke aus.

Traid kommentierte: »Wir brauchen Waffen als letzten Ausweg, nur für die Selbstverteidigung bei einem Angriff von Piraten oder so.«

»Was sollen wir sonst gegen solche Übergriffe tun?«, fragte Wiebke.

»Andere Völker in die Post aufnehmen!«

Schlagartig war es ruhig. Alle Köpfe drehten sich zu der Person, die den Vorschlag in die Runde gerufen hatte: Haja.

Haja hatte sich noch nie von Aufmerksamkeit einschüchtern lassen, so fuhr sie jetzt selbstsicher fort: »Warum besteht die Post nur aus Menschen von Terra? Sie sollte allen offenstehen.«

Nigo formulierte seine Antwort sehr deutlich: »Es ist die Terranische Post. Ter-Ra-Nisch.«

Wiebke schüttelte den Kopf.

Nick war die Idee seiner Patentante nicht neu, sie hatten sie schon öfters besprochen und sich schlaugemacht. Daher stellte Haja fest: »Im Postmanifest steht nirgendwo, dass nur Terraner für die Terranische Post fliegen können.«

Nigo sagte: »Aber der Name impliziert es doch.«
Viele nickten.

»Eigentlich nicht, nein«, hielt Robin dagegen und unterstützte ihre Patentante. »Der Name bezieht sich auf den Ort, wo die Zentrale der Post ist. So steht es im Manifest. Kapitel eins, Abschnitt B.«

Nigo blinzelte verwirrt.

Es war der zweite Stellvertreter, Chiwetelu, der die Stelle nachschlug und sagte: »Die beiden haben recht.«

Nigo sah ihn an. »Du stimmst dem zu?«

»Es ist eine Überlegung wert«, sagte Chiwetelu. »Wir haben doch schon oft darüber gesprochen, dass andere Frachter uns übervorteilen, weil sie besser vernetzt sind. Als die Terranische Post begann, operierten wir nahe Terra und Modesty. Schon damals war es die Idee, den Service nicht nur auf unseren beiden Kolonien anzubieten – ich meine, die Post wurde von Diplomaten auf nichtterranischen Planeten ins Leben gerufen. Die Grundidee ist es, dass die Post überall liefert. Jetzt sind wir so erfolgreich, dass wir Filialen weiter draußen unterhalten. Hier fliegen einzelne Schiffe, die zu keinem Verbund gehören, deren Piloten aber persönliche Netzwerke haben. Entweder wir streiten uns mit den dortigen Piloten, oder wir bauen selber Netzwerke auf. Kauffahrer aus der Umgebung auf unseren Schiffen einzustellen, wäre eine elegante Lösung.«

Durch die Reihen ging ein Raunen.

Haja und Robin nickten sich zu. Nick sah zu seinen Eltern. Harry reckte einen Daumen hoch, er war angetan von dem Vorstoß. Tia hingegen hielt sich zurück.

Stirnrunzelnd wies Nigo auf Tia und Harry. »Was sagte ihr dazu, Tia und Harry? Bringt ihr das Thema ein?«

Nur Filialleiter und Kapitäne konnten offiziell ein Thema vorschlagen, so dass der Vorstand sich damit zu beschäftigen hatte.

Nick rutschte in seinem Stuhl tiefer. *Wir hätten das wohl besser vorher mit Mom besprochen.*

Seine Eltern sahen sich an. Harry nickte, machte stumm seine Meinung klar. Er sagte aber nichts – er wollte nicht für beide sprechen. Tia sah zu ihrer restlichen Besatzung herüber. Es vergingen ein paar Sekunden. Dann richtete sie sich auf, blickte sich langsam in der Runde um und sagte: »Wieso nicht? Die *Jig* ist schon lange auf den weiten Routen unterwegs und solche Geschichten wie die von Wiebke passieren auch uns dauernd. Gerade heute wieder hat sich ein Konkurrent durch Bestechung vorgedrängelt und einen besseren Landeplatz belegt.«

Nigo nickte. »Da sehen wir es wieder.«

Wiebke fragte: »Wie habt ihr reagiert?«

Tia zeigte auf Andrew. »Er hat moderiert. Und jetzt zahlt die Post das Startgeld, damit wir gegen den Drängler in der Qualifikation des Djibril-Cups ein Rennen fliegen.«

Wieder herrschte einen Moment Schweigen.

Bis Nigo im Falsett rief: »Andrew, weißt du, wie teuer das ist?«

»Na ja, ich dachte ...«

Traid rief dazwischen: »Nehmt meinen Beitrag dafür.«

»Unseren auch«, stimmten Misa und Reiko ein.

Nigo schüttelte den Kopf. »Das geht doch nicht. Das wäre Zweckentfremdung von Mitgliedsbeiträgen.«

Immer mehr stimmten zu. Nigo regulierte den Ton der Übertragung, so dass er sich mit den beiden anderen Vorständen besprechen konnte.

In dem Tumult sah Nick auf sein MultiArmband. Er und vier andere hatten die Wette gewonnen, da Nigo unter dem Punkt *Verschiedenes* ins Falsett gerutscht war. In der Tabelle war er damit auf Platz fünf aufgestiegen.

Schließlich öffnete Nigo die Übertragung wieder für alle, hämmerte laut und forderte Ruhe von allen – immer noch im Falsett. »Bleiben wir doch gesittet. Wer schlägt vor, die Startgebühren der *Jig* aus der Kasse zu zahlen?«

Andrew räusperte sich. »Der *Jig* und der *Arococ* – falls wir verlieren.«

»Wer fliegt die denn?«, wollte Nigo wissen.

»Magrap Nol – der Konkurrent.«

Nigo schüttelte den Kopf. »Nols Gebühren zahlst du aus eigener Tasche, hast du dir selbst einge-brockt. Also, stimmen wir ab: Wer sagt, wir zahlen für die *Jig*? Aber bedenkt: Das ist eine stolze Summe. Wir könnten damit viele Strafgebühren zahlen.«

Dabei schielte er zu Traid.

Der grinste nur und hob die Hand.

Mit einer deutlichen Mehrheit wurde der Antrag angenommen.

*

Eine gute Stunde später, klopfte Haja an die Kajü-tentür von Tia und Harry. Sie schwang auf und Haja trat ein. »Ich habe Kuchen und Milchshakes dabei«, sagte sie zur Begrüßung.

»Genau, was ich brauche«, erwiderte Tia. Sie war allein, da Harry unterwegs war, um die *Jig* für den Cup anzumelden.

Die Kajüte von Tia und Harry bestand aus ehe-mals zwei Einzelkajüten, bei denen sie die Trenn-wand entfernt hatten. So war das Schlafzimmer nur durch einen Vorhang getrennt vom Wohnbereich. In ihm standen zwei Schreibtische. Neben einem gab es einen Holoprojektor und einen handelsüblichen Materialdrucker. Den Projektor nutzte Tia, um ihre

Kleidungsdesigns zu kreieren, der Drucker stellte sie dann her. Er war eine kleine Nebenstation des großen Materialdruckers der *Jig*.

Auf Harrys Schreibtisch lagen ein paar Bücher – gebundene Exemplare aus Papier. Weitere standen in einem Schrank. Auf einem Regal über dem Tisch thronten Modelle der Raumschiffe, auf denen Harry schon Dienst getan hatte.

Unter dem breiten Fenster stand das große Sofa, zwei Sessel und ein Tisch. Auf diesem lag ein Tablet. Tia hatte ihre Post überflogen und die letzte Nachricht war zu sehen: Eine Videobotschaft ihrer Schwester. Das Gesicht war starr, die Botschaft auf Pause gestellt.

Haja stellte das Tablett mit den Milchshakes und den Stücken Kirsch-Streuselkuchen auf den Tisch und warf einen Blick auf die Tias Schwester Kristen. *Selbst eingefroren sieht man den Vorwurf in ihrem Blick*, dachte Haja. »Hörst du dir die Botschaft wirklich an?«

Tia zuckte mit den Schultern. »Wieso nicht? Vielleicht gibt es ja was Neues.«

»Wohl eher minutenlange Vorwürfe«, konterte Haja. »Wieso fliegst du im All herum? Deine Kinder lernen so nichts Anständiges. Wir Menschen haben im Weltraum nichts zu schaffen. Unser Platz ist auf Mutter Erde, um ihre Wunden zu heilen. Und auf der Erde ist auch alles besser: Die Luft, das Wasser, die Bildung, die Frisuren und der Kuchen.« Haja machte eine Geste, als würde sie ihre Hände trocken schütteln. »Kristen ist immer so negativ.«

»Na ja, es gibt auf der Erde viel zu tun«, hielt Tia entgegen – aber mehr aus Reflex als Überzeugung.

»Am schnellsten würde Terra heilen, wenn alle ihre Sachen packen, in den Weltraum fliegen und Terra sich selbst überlassen würden. Sie wäre schlagartig ein blühender Garten.«

»Ich schlage es Kristen vor.«

»Kannst gerne sagen, dass es von mir kommt. – Sahne?«

»Klar.«

Die beiden Freundinnen aßen ein paar Bissen.

»Mit echten Kirschen würde es noch besser schmecken«, meinte Tia.

»Ich hätte nichts dagegen, einen Kurztrip nach Modesty und Terra zu machen«, sagte Haja. »Meine Familie würde sich freuen. Es ist deine, die nervt. Sie schätzen nicht, was du leistest. Sie sind festgefahren wie die meisten Erdlinge. Sie blicken nur hinab auf ihre Scholle, nicht nach oben zu den Sternen.«

»Jetzt bist du genauso engstirnig, wie du es ihnen vorwirfst.«

»Hast recht.« Haja nahm einen Schluck von ihrem Karamell-Shake. »Ich meine: Es ist toll, was sie aus Terra machen. Dort ist es fast wieder lebenswert, und wen es glücklich macht, der soll gerne dort leben. Aber sie blicken schon skeptisch auf uns Raumjockeys. Bei den Leuten auf Modesty ist das anders.«

»Weil sie Nachfahren von uns Raumjockeys sind.«

»Dabei sind sie genauso verknallt in Modesty, wie die Erdlinge in die Erde.«

»Das stimmt.«

»Wo gibt es die besten Universitäten für Raumfahrt? Nicht auf unserer alten Ursprungswelt, sondern auf Modesty. Die sind da einfach offener. Nimm als Beispiel uns: Harrys Mütter haben ihn immer unterstützt und auf die Uni geschickt, und Sylvester hat ihm die ersten Touren auf Raumschiffen vermittelt. Mein Paps hat mit mir Raumschiffmodelle gebastelt, seit ich denken kann. Ich meine nur: Bei mir und Harry haben sie respektiert, was wir wollten. Aber deine Familie nervt wirklich. Wann akzeptieren sie, dass du im All glücklich bist? Warum machen sie dir immer Vorwürfe? Du tust ihnen ja nichts Böses. Das war schon so, als wir uns an der Uni auf Modesty trafen: Sie zahlten dir nichts für dein Studium. Sicher hätten sie eine Ausbildung zur Landschaftspflegerin finanziert. Weißt du noch bei deinem Abschluss? Sie schickten einen Brief. Den meine Eltern dir überreichen mussten.«

Tia schmunzelte humorlos bei dieser Erinnerung.

»Oder deine Auszeichnung, weil du unseren Forschungsraumer heil aus dem Kessel-Ring gesteuert hast. Das war ein wirklich wilder Ritt und die Senioren haben dir bei unserer Rückkehr applaudiert – obwohl das Schiff aussah wie eine zu lange gebackene Brezel. Ich habe deiner Familie das alles geschildert, und sie sagten: Die Ernte war dieses Jahr nicht so gut.« Haja runzelte die Stirn. »Sind die eigentlich jemals mit einer Ernte zufrieden?«

»Ich denke, am meisten trifft sie, dass Robin und Nick nicht auf der Erde sind. Das entspricht nicht der Familientradition. – Wo sind die beiden gerade?«, wechselte Tia das Thema.

Haja ließ es zu. »Sie spielen Nugra-Ball irgendwo an der Station.«

Tia nickte, legte ihren leeren Teller auf den Tisch, nahm ihren Schoko-Shake und lehnte sich zurück. »Also: Ihr wollt die Terranische Post erweitern?«

»Jaaaa«, machte Haja vorsichtig und lächelte unsicher. »War das okay?«

»Ihr könnt frei sprechen«, wehrte Tia ab. »Wäre nur nett gewesen, Harry und ich hätten davon vorher gewusst. Wir waren ziemlich überrumpelt und das werden ein paar Klatschmäuler sicher gerne weitertratschen. Aber ist nun mal so. Habt ihr euch das gut überlegt?«

»Es war Robins Idee.«

»Natürlich.«

»Und Nick hat sie ausgearbeitet.«

»Sicher.«

»Wir haben unsere Ideen zusammengefasst, du kannst sie gern an Nigo schicken, damit der Vorstand sie prüfen kann.«

»Unsere Ideen?«

Haja grinste. »Ich gebe halt überall meinen Senf dazu.«

»Schick sie mir.«

Dafür brauchte Haja nur zwei Schaltungen an ihrem MultiArmband. »Was hältst du denn persönlich von der Idee?«

Tia schlürfte ihren Shake. »Es ist mir eigentlich egal, ob meine Kollegen Terraner sind oder nicht. Der Teufel steckt im Detail – und der Finanzierung: Wir brauchen Filialen, und dort brauchen wir Kunden. Das muss alles erst organisiert sein, bevor sich regelmäßige Flüge lohnen.«

»Das gleiche Problem hatte die Post, als sie aufgebaut wurde.«

»Eigentlich stehen wir jetzt besser da, denn wir können auf unser jetziges Netz aufbauen – wir haben schon etwas vorzuweisen. Nur decken wir im Moment einen relativ kleinen Bereich des Koop-Sektors ab. Wenn wir expandieren, werden die Strecken weiter, die Flüge länger. Das muss sich rechnen.«

»Wir dachten an Verteiler-Stationen, um das Netz engmaschiger zu machen.«

»Von der Post selbst betriebene Stationen?«

»Kleine, autarke Einheiten, eher wie Raststätten denn wie Städte. War Robins Idee.«

»Klar. Wer lebt da?«

»Vollautomatisiert.«

»Sicher Nicks Vorschlag.«

Haja nickte. »Er meint, wir könnten alte Stationen aufkaufen und restaurieren.«

»Warum nicht?«, sagte Tia grübelnd. »Ehrlich gesagt: Soll sich der Vorstand die Köpfe darüber zerbrechen. Oder ihr drei. Ich höre mir erst mal an, was die anderen Skipper und Amtsleiter sagen, und treffe die Entscheidung, wenn es so weit ist.«

»Ich fände es toll«, sagte Haja grinsend.

»Wir werden sehen.« Tia nahm sich noch ein Stück Kuchen.

*

Skaps waren Nachfahren der Skaphander, jenen ersten Tauchanzügen aus dem neunzehnten christlichen Jahrhundert. Damals waren Skaphander klobig, die Stiefelsohlen aus Blei, der Helm aus Eisen und Luft bekam der Taucher durch einen dicken Gummischlauch – und das nur, um ein paar Meter unter Wasser spazieren gehen zu können.

Je kürzer der Name wurde, desto handlicher die wurden die Anzüge.

Die Skaps, die Robin und Nick trugen, waren Coveralls aus einem Stoff, nicht dicker als Jeans. Thermofasern schützten sie vor Kälte und Hitze und maßen die Vitalwerte. Statt eines Helmes zog man eine Kapuze über, die man in den Kragen falten konnte. Dazu eine Maske, die sich um Gesicht, Ohren und Hinterkopf legte. Bei Nichtgebrauch hing sie am Mehrzweck-Gürtel.

Andere Module erweiterten die Einsatzmöglichkeiten: Düsenwesten für Weltraumspaziergänge, Stiefel mit Batterien für längere Einsätze, Tornister mit Luftdruckflaschen, falls die Luft nicht atembar oder schlicht nicht vorhanden war.

Die Geschwister wussten von früheren Aufenthalten, wo sich die Nugra-Amateure trafen. Als sie in der Sektion ankamen, trafen sie Bekannte und plauderten über die letzten Liga-Spiele und die Stars der unterschiedlichen Mannschaften.

Keine terranische Mannschaft hatte es bisher in die höchsten Ligen geschafft, aber immerhin spielten einige schon in der dritten Koop-Liga. Trotzdem war der Ruf von Terranern beim Nugra nicht der Beste.

So beliebt Robin und Nick waren – sie mussten viel Zeit aufwenden, um drei Mitspieler zu finden; eben jene, die ebenfalls keiner in seiner Mannschaft wollte.

Sie nannten ihre Mannschaft Resterampe.

Zum Glück mussten sie nicht lange warten, bis sie herausgefordert wurden. Viele der anderen Jugendlichen drängten auf ein Match mit ihnen, um sich vor den schweren Gegnern warmzuspielen.

Die Resterampler nahmen es gleichmütig hin: Sie waren hier, um zu spielen, und bekamen ausreichend Gelegenheit dazu.

Nugra-Ball wurde im Weltall gespielt. An einem verwaisten Ausläufer von Kajip-Station waren zwei Spielfelder aufgebaut worden: sechseckige Würfel von sechzig Meter Kantenlänge. Die Wände bestanden aus einem grobmaschigen gummiartigen Gewebe, von dem man wie auf einem Trampolin abprallte. Vier Stäbe verliefen quer durch das dreidimensionale Spielfeld und trafen sich in der Mitte.

Eine ringförmige Plattform schwebte um den Mittelknoten, parallel zum Boden ausgerichtet und auf gleicher Höhe mit den Toren, die an gegenüberliegenden Wänden angebracht waren.

Ein Spiel dauerte zweimal zwanzig Minuten und man gewann, wenn man am Ende mehr Tore geschossen hatte als der Gegner. Der Ball durfte mit allen Körperteilen gestoßen, geschlagen und getreten, aber nie am Körper gehalten werden. Man durfte jeden Gegner anrempeln, solange man damit versuchte, den Ball in eigenen Besitz zu bringen. Ein Roboter fungierte als Schiedsrichter.

Nick und Robin liebten dieses Spiel. In der Regel nutzte man Wände, Streben und Plattform, um sich abzustoßen und in der Schwerelosigkeit herumzufliegen. Zudem konnte man kurze Schübe aus den Steuerdüsen zünden; da jeder Spieler nur einen sehr knapp bemessenen Treibstoffvorrat hatte, ging man besser sorgsam damit um.

So zischten, segelten und schwebten Nick, Robin und ihre Mitspieler in dem Würfel umher. Stießen mit den Gegnern zusammen, kickten den Ball von sich – was sie rotieren ließ, bis sie einen Halt fanden. Der Bewegungsfreiheit waren keine Grenzen gesetzt, aber durch das Fehlen an Gravitation folgte auf jeden Impuls ein gleich starker Gegenimpuls, die kleinste Bewegung musste bewusst kalkuliert sein, jeder Spielzug erzwang weitere Maßnahmen.

Es war eine Mordsgaudi.

Nick und Robin blieben im Mittelfeld, wechselten zwischen Angriff und Verteidigung. Da sie bisher jedes Nugra-Spiel gemeinsam bestritten hatten, spielten sie instinktiv zusammen, vertrauten auf die nächsten Schritte des anderen und mehr als einmal war es diese Teamarbeit, die sich auszahlte.

Ein paar überhebliche Gegner brachten sie ins Schwitzen, aber am Ende konnten sie gerade mal bei zwei Spielen ein Unentschieden herausholen. Vier weitere Spiele verloren sie, niemals ohne selbst ein Tor geschossen zu haben.

Am Ende des Tages wurden sie auch von jenen respektiert, die zuvor die Riechorgane gerümpft hatten, als zwei Terraner mitspielen wollten.

Vielleicht würde man sie nächstes Mal doch in die eigene Mannschaft wählen.

Die Resterampler winkten nur ab. Beim nächsten Mal würden sie den anderen die Sache nicht so einfach machen. Den Rest des Tages verbrachten sie miteinander und feierten sich selbst.

*

»So, das war's«, sagte Andrew McClintock und überreichte Harry eine goldene Plakette. »Jetzt seid ihr offizielle Teilnehmer am Djibril-Cup.«

Harry nahm die Plakette entgegen. »Schon etwas aus der Zeit gefallen, so ein Ding.«

»Hat wohl was mit Tradition zu tun.«

Sie gingen los, Richtung Anlegestelle der *Jig*. Sie befanden sich im Bürotrakt von Kajip-Station. Da die meisten organisatorischen Dienstleistungen über die Stations-Amonatronik gesteuert wurden, waren hier nur wenige Personen auf den Gängen zu sehen. Die weitaus längste Schlange stand vor dem Büro zur Anmeldung an den Djibril-Cup. Als Harry an ihr vorbeiging, fiel ihm ein allein stehender Yanik auf, der alle anderen überragte.

Harry sah sich seine Plakette an und sagte: »Ich hätte nur nicht gedacht, dass die Djibril so traditionell sind.«

Andrew zuckte mit den Schultern. »Ich hatte noch nie mit ihnen zu tun. Ich meine, klar habe ich schon von ihnen gehört, aber Geschäfte gemacht habe ich noch nie mit ihnen. Sind die eigentlich ein Volk? Eine Familie? Oder eine Firma?«

»Das weiß man nicht so genau«, sagte Harry. »Die Führung besteht aus fünf Personen: Die Merkantile Majestät führt als Oberhaupt die Geschäfte. Ihr zur Seite stehen ihre beiden Vor-

gänger, man nennt sie den Vorderen und den Alt-
vorderen. Zur anderen Seite stehen ihr die bestimmten Nachfolger: Die Folgende und die Jungfol-
gende. Es sind also fünf Generationen an der Macht
– aber wer berufen wird, woher sie kommen, ist
irgendwie nebulös.«

Andrew hakte nach: »Aber sie kommen alle aus
einem Volk?«

»Schwer zu sagen, denn keiner außerhalb des
elitären Kreises weiß, wer die fünf Direktoren sind.
Die Djibril haben keinen Heimatplaneten – wenn
sie mal einen hatten, hat man ihn vergessen. Seit
Jahrhunderten leben sie nur auf ihren Schiffen, die
einzeln fliegen oder sich zu Gittern zusammen-
schließen. Die Zentrale ist das Schiff der Merkantilen Majestät. Sollte es einmal zerstört werden,
rückt sofort die Folgende nach.«

Andrew wedelte mit den Händen. »Moment. Es
muss doch herauszufinden sein, wer diese Fol-
genden und Vorderen sind. Ich meine, sie treten
doch auf. Sie nehmen an Verhandlungen teil und so
weiter.«

»Sie erscheinen als Roboter«, sagte Sylvester.

Harry sah überrascht zu seinem Vater. »Du hast
sie mal getroffen?«

Sylvester schüttelte den Kopf. »Nein. Djibril zeigen sich nicht persönlich. Sie schicken Abgesandte, meistens Roboter.«

Andrew drängte: »Noch einmal: Woher weiß man, dass diese fünf überhaupt leben, wenn sie als Roboter auftreten? Vielleicht sind die Roboter die wahren Herren.«

Sylvester schüttelte den Kopf. »Es sind gesteuerte Roboter, das ist völlig klar. Niemand würde mit nicht empfindungsfähigen Wesen Geschäfte machen. Das Geheimnis um die Fünf besteht einfach darin, dass es keine offiziellen Stellungnahmen gibt, wer denn nun als neuer Nachfolger eingestellt wurde. Die Djibril haben zwar überall ihre Finger drin, lassen aber niemanden in ihre eigenen Karten blicken. Es gab ein paar Reporter, die das herausfinden wollten – sie sind alle gescheitert. Spätestens wenn die Djibril mit ihren Anwälten kamen oder ihre Werbeetats kürzten, sah man von weiteren Recherchen ab.«

»Aber sie sind ein Volk?«, hakte Andrew nach.

»Zumindest eine Reisegesellschaft«, sagte Harry. »Man geht davon aus, dass sie als ein Volk begannen, das von einem Heimatplaneten aufbrach, um ihr Glück im Kosmos zu machen. Über Generationen nahmen sie Mitglieder anderer Völker in ihren Firmen auf. Und auf ihren Schiffen. Heute leben auf einer Gitterstation Dutzende Völker und auch solche, die keine andere Nationalität haben als auf einer Gitterstation geboren worden zu sein. Keiner kann mehr sagen, welcher Teil des bunten Haufens der Ursprung war. Aus diesem Kuddelmuddel steigen die besten Kaufleute auf. Sie bücken sich hoch und werden zu Vorarbeitern, Chefs und Direktoren. Spätestens dann tun sie so, als würden sie das größte Geheimnis der Galaxie bewahren. Sie geben keine Interviews mehr, verlassen ihre Wohnschiffe nicht mehr. Sie geben nur noch nach außen, wozu sie gesetzlich verpflichtet sind – und im Kooperationssektor gibt es ein paar Systeme, die da nicht so genau hinsehen. Die Steuern werden gezahlt? Das reicht denen. Also stationieren sie ihre Direktoratsschiffe dort und unterhalten in den politisch straffer geführten Systemen Vertretungen und kleine Firmen.«

Inzwischen hatten sie den Büro-Trakt verlassen und gingen durch eine der vielen Einkaufsstraßen. Links und rechts waren Ladentüren geöffnet, aus denen Wesen mit Schnäbeln kamen und in die Kundinnen mit Hufen gingen.

»Oh, hat der neu aufgemacht?«, fragte Sylvester und zeigte mit seinem Stock auf einen Lebensmittelmarkt.

»Ja«, sagte Andrew.

»Da will ich rein, die haben gutes Obst.«

Harry sah auf sein MultiArmband. »Wieso nicht.«

Andrew winkte ihnen zu. »Ich muss ins Büro.«

»Sehen wir uns zum Abendessen?«, fragte Harry.

»Ich freu mich drauf.«

Kapitel 5

»Der Schotternebel ist ideal für ein Rennen, das man vergnügt vor der Glotze anschaut, während die Teilnehmer Kopf und Kragen riskieren«, sagte Andrew McClintock. Er stand neben einem mannshohen Hologramm des Schotternebels und ließ seine Zuhörer – wie es seine Art war – ausführlich an seinem Wissen teilhaben.

»In ein paar Jahrtausenden wird aus dem Nebel vielleicht eine Sonne entstehen, vielleicht ein ganzes System. Im Moment ist er ein Gebiet voller Gase und Strahlung und unzähligen Asteroiden, die darin herumflitzen. Keiner hat sich die Mühe gemacht, ihn zu kartographieren. Na ja, eigentlich wurde Kajip zu diesem Zweck gebaut, aber Stellarkartographie ist doch eher trocken, und der Ausblick ist schon hübsch. Also baute man ein paar Hotelzimmer auf die Station, denen folgten einige Restaurants, dann weitere Freizeiteinrichtungen, mehr Zimmer, ein mittelgroßer Raumhafen und so weiter. Irgendwann zogen die Stellarkartographen ab, weil es ihnen zu laut wurde. Seitdem interessieren sich nur noch Jockeys für den Nebel. Sie heizen mit ihren schnellen Booten durch ihn hindurch und veranstalten Rennen.«

»Muss recht aufregend sein«, sagte Tia. Sie saß auf einem Stuhl, eine Tasse Koff in der Hand und inspizierte das Hologramm und die daneben in der Luft schwebenden Angaben. »Gase und Strahlung reduzieren die Reichweite der Sensoren beträchtlich. In der Suppe sieht man kaum weiter als ein paar Dutzend Kilometer.«

»Was es für die Jockeys so aufregend macht«, sagte Andrew nickend. »Vor allem, wenn man jederzeit mit einem der unbekannten Asteroiden Bekanntschaft machen kann.«

Harry schnaufte und kratzte sich am Bart. »Ein Hindernisrennen mit verbundenen Augen.«

Robin zuckte mit den Schultern. »Das klingt doch einfach. Magrap wird im Schotternebel sein Schiff schrotten, so grausig wie der fliegt. Wir müssen nur heil durchs Ziel kommen und haben gewonnen.«

Tia grinste. »Nichts leichter als das.«

Da musste selbst Harry schmunzeln.

Hinter ihnen erklang ein Glockenschlag. Sylvester verkündete: »Abendessen ist fertig. Alle zu Tisch.«

Sie hatten sich für die Besprechung in der Messe getroffen. Diese lag auf dem oberen Deck, direkt hinter den Lagerräumen. Die Decke bestand aus zwei großen Glasalfenstern, darunter hingen Topfampeln, in denen Sylvester Kräuter für die Küche züchtete.

An dem großen Esstisch fanden sie alle Platz. Er war aus Kiefernholz und älter als die *Jig* – jedenfalls behauptete das Sylvester. Keiner widersprach ihm, und Robin und Nick konnten sich an keine Zeit erinnern, in der der Tisch nicht hier gestanden hatte. Besteck und Teller waren die Überreste von gesammelten, verloren gegangenen und unvollständig wiedergefundenen Services, Gläser und Tassen eine Sammlung von persönlichen Vorlieben.

Während sie ihre Plätze einnahmen, servierte Nelson das Essen, das Sylvester zubereitet hatte: Eine Reispfanne, angelehnt an die kreolische Küche aber mit Garnelen von Ekedada. Der Roboter fuhr gekonnt zwischen den Stühlen umher.

»Danke«, sagte Haja, als ihr Nelson das Essen so würzte, wie sie es am liebsten hatte.

»Stets eine Freude«, sagte Nelson.

Nick hob seine Hand. »Für mich etwas Curry!«

Nelson fuhr Richtung Küche, drehte sich dabei um und erwiderte: »Gewürze stehen auf dem Tisch«, ohne dabei seine Fahrt zu unterbrechen.

*Warum hat ihn Opa nur so störrisch program-
miert,* fragte sich Nick.

Haja beugte sich zu Nick. »Höflichkeit ist nie
verschenkt.«

»Er ist nur ein Roboter.«

»Nie verschenkt.«

Nick runzelte die Stirn.

Nachdem sie alle mit dem Essen begonnen
hatten, fragte Robin: »Opi, hast du den letzten Djibril-Cup mitbekommen?«

»Sicher. Ich habe als Mandolettikrämer auf Diffuss gearbeitet. War eine schöne Zeit, auch wenn
ich immer in der Gegend herumlief, bis ich Hühner-
augen hatte.«

»Wann war das denn?«, fragte Robin.

»Dein Paps kam gerade auf die Uni.«

Robin tippte die Information unauffällig in ihr
Armband. Es galt zu überprüfen, ob sie ihre Theorie
stützten, dass Opa als Agent tätig war. Um abzulenken, fragte sie: »Und der Cup wurde auf Diffuss
ausgetragen?«

»Wie kommst du darauf? Nein, natürlich nicht.«
Sylvester stand auf, zupfte Petersilie aus einem der
hängenden Töpfe und streute sie auf sein Essen.

Robin hakte ungeduldig nach: »Also hast du den
Cup doch nicht miterlebt.«

»Habe ich – der ganze Koop hat das, und die vier Reiche vermutlich auch. Es war das Medienspektakel mit Live-Übertragungen der Rennen und Aufgaben. Es wurden extra Hyperraum-Relais installiert, damit die Neuigkeiten so schnell wie möglich im ganzen Sektor gezeigt werden konnten. Ein Affenzirkus war das.« Er probierte erneut und nickte zufrieden. »Alle haben gewettet, wer gewinnen würden. Es war ein richtiges Fieber.«

»Hast du auch gewettet.«

»Sicher.«

»Und, gewonnen?«

»Natürlich.« Er biss in eine Garnele. »An Erfahrung.«

Harry wandte sich an Andrew: »Wer ist denn der Favorit dieses Mal?«

»Gut gehandelt wird Chaynee Paramour«, sagte Andrew. »Seine schärfsten Konkurrenten sind Namasch von Himburg und Datt Bab.«

»Datt Bab hat einen guten Lauf in dieser Saison«, sagte Tia. Raumschiff-Rennen waren ein Hobby von ihr. Sie sah sich gerne die Rennen an und stellte sich vor, wie sie die Strecke geflogen wäre. Deshalb freute sie sich schon, durch den Schotternebel zu rasen.

Haja setzte ihr Glas ab und meinte: »Ich habe mich mal mit Babs Mechanikerin ausgetauscht und sage euch: Die haben das schnellste Schiff der Galaxis. Es ist voll auf Beschleunigung getrimmt, hat experimentelle Trägheitskompensatoren. Die haben einen eigenen Forscherstab, der nur damit beschäftigt ist, die neuesten Theorien zu sichten und für den Rennstall in die Praxis umzusetzen.«

Das brachte Robin auf eine Idee. »Sollen wir die *Jig* auch umbauen, damit sie schneller wird?«

»Nein«, sagte Harry hastig.

Robin verdrehte die Augen. Ihr Vater war immer so übertrieben vorsichtig! »Wenn die anderen es doch auch so machen.«

Sylvester schielte zur Ingenieurin herüber. »Es gäbe bestimmt ein paar Dinge zum Verbessern.«

»Fang bei deinen Datteln an, Sylvester. Aber Liebes«, damit wandte sich Haja an Robin, »es ist keine gute Idee, übereilt ein Schiff umzubauen. Alle Systeme der *Jig* sind so gut aufeinander abgestimmt, wie nur möglich. Wenn ich irgendwo etwas ändere, muss ich auch woanders ein paar Schrauben drehen. Das kann ein ziemliches Kuddelmuddel werden.«

Robin hielt dagegen: »Nur ist die *Jig* nicht für ein Rennen justiert. Da lässt sich bestimmt noch einiges machen. Du hast doch sicher Ideen.«

»Habe ich, aber keine, die sich schnell umsetzen und testen lassen.«

Tia fuhr fort: »Außerdem müsste ich mich erst an die neuen Eigenschaften gewöhnen. Das wäre alles kein Problem – nur haben wir weniger als zehn Stunden bis zum Rennen.«

»Außerdem wollen wir es nicht gewinnen«, erinnerte Harry sie alle. »Wir müssen nur schneller sein als Magrap.«

»Gewinnen wäre toll«, beharrte Robin.

Nick sagte in seinem sachlichen Tonfall: »Ich glaube nicht, dass das schnellste Schiff gewinnen wird.«

Während alle diskutierten, hatte er neben dem Essen auf seinem Armband die Rennstrecke genau betrachtet und dazu das Regelwerk gelesen. Jetzt, da ihn alle ansahen, schob er das Bild vom Armband zum Holgrafie-Projektor, so dass es im nächsten Moment dreidimensional neben dem Esstisch in der Luft hing.

»Das ist das aktuelle Bild der Rennstrecke«, erklärte er. »Sie ist ein Schlauch, der von Prallfeldern umgeben ist. Ein Schiff, das das Feld berührt, scheidet aus. Der Start ist ein weiter Trichter, alle Teilnehmer gruppieren sich an seinem Rand im Kreis – so hat jeder beim Start die gleiche Strecke bis zum Schlauch. Zu Beginn ist die Rennstrecke einige hundert Meter im Durchmesser. Bei jeder der fünf Etappen wird sie enger.«

Tia vergaß das Essen auf ihrem Teller und beugte sich dem Hologramm entgegen. »Sind das Asteroiden auf der Strecke?«

Nick grummelte, da seine Mutter ihm die Überraschung genommen hatte. »Ja. Ab der dritten Etappe fliegen Asteroiden im Schlauch. Man muss ihnen ausweichen.«

Tia schüttelte den Kopf. »So einfach wird das nicht. Es sind knapp hundert Teilnehmer dabei; eines der Schiffe wird mit den Felsbrocken kollidieren. Selbst wenn ein Schiff einen Asteroiden mit den Schildern streift und nicht zu Schaden kommt, titscht der Asteroid gegen das Prallfeld der Strecke, wird vom Feld zurückgeworfen und so weiter.«

»Das wird ja völlig unberechenbar!«, rief Andrew aus.

Harry sagte: »Je schneller man ist, desto stärker der Aufprall mit einem Asteroiden.«

Sylvester sah Haja an. »Wie gut sind unsere Schilde?«

»Sie halten etwas aus«, erwiderte sie. »Am Bug sind sie natürlich am stärksten.«

»Vielleicht sollten wir sie über die gesamte Schiffslänge verstärken.«

Da schüttelte Harry den Kopf. »Keine übereilten Umstellungen der Systeme. Wir lassen alles, wie es ist.«

Sylvester meinte: »Dann fliegen wir besser vorsichtig.«

Tia schüttelte den Kopf. »Je mehr Schiffe an den Asteroiden vorbeifliegen, desto unübersichtlicher wird es. Der sicherste Ort ist ...«

»... an der Spitze«, beendete Robin den Satz und grinste abenteuerlustig.

»Okay, das reicht, ich sage eure Teilnahme ab«, ereiferte sich Andrew.

»Lass es«, sagte Tia.

»Das ist zu riskant«, hielt Andrew entgegen. »Ich wollte euch doch nicht in Gefahr bringen. Die Wette mit Magrap ist nicht so wichtig.«

Tia deutete auf das Hologramm. »Wir können das schaffen. Die *Jig* ist ein schnelles Schiff mit starken Schirmen, ich fliege sie seit Jahren. Sternennebel und Asteroiden hatten wir schon öfter auf einem Flug.«

»Nur ist die Rennstrecke darauf ausgelegt, dass es zu Unfällen kommt. Wenn die *Jig* beschädigt wird, könntet ihr verletzt werden. Und ohne Schiff verdient ihr nichts.«

Da wiegelte Haja ab: »Die Lady wird nicht ausfallen, dafür sorge ich.«

Robin sagte euphorisch: »Kriegt einer von uns eine Beule ab, flickt Paps ihn zusammen.«

Nick lehnte sich zurück und nippte an seiner Schorle. »Ich glaube nicht, dass wir ernsthaft in Gefahr sind. Der Djibril-Cup ist abenteuerlich, damit die Zuschauer auf ihre Kosten kommen, aber noch nie ist jemand dabei gestorben.«

Andrew lachte humorlos. »Reicht ja auch, wenn die *Jig* ein Totalschaden wird und ihr ins Krankenhaus müsst.«

»Die Möglichkeit besteht natürlich schon«, räumte Nick ein.

»Na bitte, endlich mal ein vernünftiges Wort.«

Da wandte Sylvester ein: »Man zieht eine Herausforderung nicht zurück, das ist gegen den Kodex der Raumfahrer.«

Andrew stöhnte. »Bitte, komm mir jetzt nicht mit dem Kodex. Das sind doch nur Sprüche, niemand hält sich daran.«

Robin war da ganz anderer Meinung. Empört rief sie: »In unserer Gemeinschaft zählt der noch was! Wir würden den Respekt aller Express-Flieger verlieren. Das kannst du als Bürokrat nicht verstehen.«

»Ich kenne genug von euch, um dir zu sagen: Kaum einer lebt nach diesem Kodex. Dafür sind alle zu sehr Realisten.« Andrew wandte sich an Harry. »Apropos Realist: Harry, du bist doch der Vernünftige hier an Bord. Was sagst du dazu?«

Harry antwortete nicht direkt. Er sah jedem Einzelnen seiner Crew in die Augen. Er teilte sich mit Tia das Kommando, und wenn nur einer von ihnen einen Auftrag ablehnte, wurde er nicht durchgeführt.

Robin hielt den Atem an. Sie wollte so sehr bei dem Wettrennen dabei sein!

Schließlich sagte Harry: »Wir fliegen.«

*

»Hier ist alles okay«, rief Robin. Sie setzte sich auf die Kante des obersten Regals und ließ die Beine baumeln.

Auf der anderen Seite des Frachtraums überprüfte Nick, ob alle Sendungen sicher verwahrt waren. Während des Rennens würde es holprig zugehen, da konnte Ladung, die aus dem Regal fiel, schweren Schaden anrichten. Es lagerte hier zwar keine Post, aber Raumexos, Ersatzteildrucker, deren Tanks und allerhand Alltagskram.

Er zerrte an einem Gitter, aber es rührte sich keinen Zentimeter. Zufrieden wandte er sich zu Robin um. »Weißt du, was Mandoletti sind?«

»Das weiß doch jeder: Sowas wie Krapfen und Küchlein.«

»Das hast du doch rausgesucht.«

Robin tippte auf ihr MultiArmband. »Habe mir eine Datenbank mit seltenen Berufen runtergeladen. Sehr hilfreich, um zu verstehen, wovon Opi die ganze Zeit labert.«

Nick ließ den Kran zu sich kommen, setzte sich auf den Greifer und ließ sich auf den Boden setzen.

»Ich habe mal geforscht, ob es auf Diffuss zu einem Skandal kam, als Paps sein Studium beendete.«

»Und?«, rief Robin neugierig.

»Es wurden Dokumente entwendet, die den Regenten einer Affäre beschuldigten. Für einige Monate verhielt er sich seltsam, so, als hätte ihn jemand in der Hand.«

»Vielleicht ein terranischer Agent?« Robin nutzte den Kran ebenfalls als Aufzug.

»Jedenfalls half der Regent, ein wichtiges Abkommen mit der Erde zu treffen. Es ging wohl um Flugrouten im Hyperraum.«

Robin sprang neben ihrem Bruder auf den Boden. »Also etwas, wofür man einen Agenten wie Constant Time einsetzen würde.«

»Genau.«

Einen Moment hingen die Geschwister ihren Gedanken nach.

»Glaubst du, er war ein Agent?«, fragte Nick.

»Ich hoffe es.« Robins Augen funkelten. »Er wird uns bestimmt rekrutieren!«

Nick grinste. »Das wäre was. Wir hätten ein eigenes Raumschiff zum Spionieren.«

»Wir würden überall hinfliegen und alle Völker treffen.«

Nick seufzte. »Na ja, erst mal müssen wir das Rennen überstehen. Haja wartet schon im Maschinenraum auf mich.«

»Bis gleich. Ich gehe auf die Brücke.«

Also liefen sie in entgegengesetzte Richtungen fort.

*

Wie ein zu Wolken erstarrter Regenbogen lag der Schotternebel vor ihnen. Sein Zentrum strahlte in einem blendende Gelb, andere Bereiche schillerten grün und blau, lila und rot. Ein bunter Schleier inmitten des schwarzen Weltalls.

Für dieses wunderschöne, grandiose Schauspiel interessierte sich – niemand.

Alle Aufmerksamkeit jedes intelligenten Lebewesens in der Nähe war auf die knapp einhundert Raumschiffe gerichtet, die am Rand des Nebels parkten, aufgereiht in einem perfekten Kreis.

Nachrichtenkanäle und Sportfans aus allen Teilen des Sektors und der angrenzenden Reiche berichteten über Hyperraumkanäle von den Schiffen und ihrer Besatzung, von Ausnahmefliegern sowie Geheimtipps. Experten gaben Ratschläge an die Piloten, Fachleute erläuterten, warum ihre Analysen der letzten Cups für diesen von Bedeutung seien. Es wurde viel geredet, viel argumentiert, viel interpretiert. Und je genauer man hin hörte, desto deutlicher wurde: Keiner wusste, wie der Cup ausgehen würde.

Auf der Brücke der *Jig* meldete Robin: »Wir haben die Frachträume überprüft: Alles verstaut.«

Es war eine langweilige Aufgabe gewesen – dafür hatte sie während des Rennens frei und konnte es auf dem Sofa auf der Brücke genießen. Anders als Nick, der sich freiwillig gemeldet hatte, Haja im Maschinenraum zu unterstützen.

»Verstanden«, gab Tia zurück. Ihre Mutter band sich die Haare zurück, wobei sie nicht von den Instrumenten aufsah.

Harry sagte gar nichts.

Daran erkannte Robin, wie fokussiert ihre Eltern waren.

Ihr Opa saß auf dem Sofa und hielt ihr eine Packung Popcorn hin.

Robin setze sich zu ihm und nahm eine Handvoll. Sie wollte sie gerade in den Mund schieben, als über Bordfunk die Stimme der Rennleitung erklang.

»Start in fünfzehn.«

Robin grinste breit. Das war noch besser als ihr Geburtstag, und der war schon klasse gewesen.

Sie starrte zu dem großen Hauptfenster, auf dem jetzt Positionsanzeigen erschienen.

Harry meldete: »Sie haben uns die Daten für den Parcours übermittelt.«

Damit meinte er den genauen Verlauf der Rennstrecke, der zwar im Groben bekannt gewesen, aber bis jetzt immer wieder leicht verändert worden war.

Ein billiger Trick, um es spannender zu machen.

»Start in zehn.«

»Was meinst du?«, fragte Tia.

Harry hatte kaum Zeit, den Parcours eingehend zu studieren und die beste Linie zu finden, auf der die *Jig* fliegen sollte. Er zuckte mit den Schultern. »Wenn es versteckte Fallen gibt, kann ich keine finden. Wir bleiben bei unserer Taktik: Versuchen vorne mitzufliegen und im Zentrum des Schlauchs bleiben, um möglicht viel Spielraum zum Ausweichen zu haben.«

Tia nickte. »Habe einen Horizont fixiert.«

Da es im Weltraum keine Schwerkraft gab, die ein oben oder unten definierte, war es hilfreich, dies für eine bestimmte Strecke selbst festzulegen. Das erleichterte sowohl Orientierung als auch Anweisungen für andere.

»Start in fünf«, meldete die Rennleitung.

Sylvester schob Robin das Popcorn in den Mund, da sie vergessen hatte, es zu essen.

»Start in vier.«

Tia fragte über Bordfunk: »Wie sieht es achtern aus?«

»Die Lady ist bereit für ihren Tanz«, rief Haja.

»Start in drei.«

Harry meldete. »Alle Systeme auf Grün.«

»Start in zwei.«

Jetzt drehte sich Tia doch herum. Sie sah zu Sylvester und Robin und zwinkerte ihnen zu.

»Start in eins.«

Tia klatschte in die Hände. »Dann mal los.«

»Start!«

*

Alle Raumschiffe gaben im gleichen Moment Vollschub. Alle eilten durch den Trichter, hinab zum schmalen Hals und auf die Rennstrecke.

Schlanke Flitzer mit ausladenden Triebwerksflü-
geln, aufgemotzte Rennschiffe mit übergroßen
Raketen und winzigen Rümpfen, aerodynamische
V-Flügler und aufragende Fächerboote, bunt
bemalte Diskusse neben grauen Kastenraumern,
Trimaranen und Torpedos. Diese und weitere
Raumschiffe jagten auf den Parcours zu.

Schnell erreichten sie den Teil des Trichters, der
zu eng für sie alle wurde – und aus dem Ballett
wurde ein Gerangel.

Die *Jig* gab etwas Tempo auf, um tief zu gehen
und so dem Mittelpunkt des Schlauchs näher zu
kommen. Über ihr zogen zwei Schiffe weg, erst als
sie auf einer geraden Linie mit der ersten Etappe
war, beschleunigte sie wieder. Andere Schiffe –
kleiner und wendiger – versuchten nun, von oben in
die Mitte zu drängen; die *Jig* blieb auf Kurs und
schob die anderen mit ihren Schirmen fort. Als sich
die Prallfelder der Raumschiffe berührten, glühten
sie bernsteinfarben auf, aber kein Schutzschirm gab
nach. Die kleinen Raumer gaben das Ringen auf
und fielen hinter den terranischen Klipper zurück.

Es gab einen scharfen Knick nach unten. Die der
Flugrichtung entgegen zeigenden Triebwerke der
Jig sprangen an, bremsten das Schiff ab. Im exakt
richtigen Moment zündeten die Steuertriebwerke,

drehten den langen Rumpf, so dass die Spitze nach unten zeigte.

Hier waren kleinere Raumer im Vorteil, die unten an der *Jig* vorbeijagten und in einem steileren Winkel flogen.

Die *Jig* nahm wieder Fahrt auf.

*

Auf der Brücke erstellte Harry für die kommenden Abschnitte eine optimale Flugroute. Er hatte so schnell gemacht wie möglich. Jetzt fragte er Tia: »Willst du Fenster für den besten Kurs?«

Die Pilotin schüttelte den Kopf, ohne vom Bullauge fortzusehen. »Den werde ich nie halten können, das Gewimmel ist zu groß. Markier mir einfach die Mitte und gib mir einen Annäherungsalarm, wenn ich der Wand zu nahe komme.«

Im nächsten Moment erschien ein roter Faden, der die Schlauchmitte symbolisierte auf dem Hauptschirm, und jede Seite hatte eine andere Farbe, um noch deutlicher zu machen, ob sie über, unter oder seitlich von der Mitte flogen.

»Das hilft.«

Robin saß auf der Kante des Sofas, vornübergebeugt folgte sie fasziniert dem Rennen, hellauf begeistert, wie ihre Mutter es schaffte, nicht jeden

Moment mit irgendeinem anderen Schiff zusammenzustoßen. Überall schienen andere Raumer zu sein, es wimmelte nur so von ihnen – und jeder hatte einen leicht anderen Kurs, überholte oder fiel zurück, flog eine Kurve oder beschleunigte, bremste oder kippte zur Seite.

»Fall in zwanzig«, meldete Harry.

Weit vor ihnen konnte Robin es braun schimmern sehen: Das war die Energiewand der Rennstrecke. Wer sie berührte, schied aus.

Tia zündete die Steuertriebwerke und den Gegenschub. Um sie herum wurde die ganze Flotte langsamer, Schiffe kippten ihren Bug nach unten. Dann folgte die *Jig*; was eben noch unten gewesen war, lag jetzt vor ihnen. Sofort nahmen sie Fahrt auf und jagten die anderen Schiffe.

»Fall in zehn, Aufstieg in fünf«, sagte Harry. »Dann kommen wir zu den Steinen.«

Die Asteroiden – die hatte Robin tatsächlich vergessen. Wie sollten die denn auch noch auf die Strecke passen, wo sie schon jetzt für all die Raumschiffe zu eng war?

Sie erschrak, als ihr Opa sie auf die Schulter klopfte.

»Noch Popcorn?«

*

Die schnellsten trafen als Erste auf die Asteroiden. Einige der Steine waren nur so groß wie Fußbälle, andere wie ein Haus. Die einen wurden von den Schiffssensoren kaum erfasst, den anderen war schwer auszuweichen.

Als die ersten fünfzehn Rennfahrer auf das Asteroidenfeld trafen, waren Kollisionen nicht zu vermeiden und innerhalb weniger Augenblicke, berührten zehn Schiffe die Energiewand – und blieben an ihr kleben. Die getroffenen Asteroiden jedoch prallten von der Wand ab und titschen unberechenbar über den Parcours.

Nur wenige Augenblicke später erreichte die *Jig* die umherspringenden Asteroiden. Den großen Brocken wich sie mit gekonnten Manövern aus. Die kleineren Asteroiden beachtete sie nicht weiter. Ihre Prallfelder glühten bernsteinfarben bei jedem Zusammenstoß, aber sie nahm die Schläge in Kauf. Würde sie jedem Brocken ausweichen, würde es sie zu sehr verlangsamen.

Die kleineren Schiffe, die nur auf Beschleunigung und Wendigkeit konstruiert waren, konnten sich das nicht erlauben, denn ihre Schildgeneratoren waren nicht ausdauernd genug. Sie mussten jeden Zusammenstoß vermeiden, und so flogen ihre Piloten die waghalsigsten Manöver.

Darum zog die *Jig* und mit ihr andere schwerere Schiffe an vielen der bisher führenden Raumern vorbei.

*

»Sieh mal an, wer uns da am Heck klebt«, sagte Harry. »Die *Arococ* von unserem alten Freund Magrap.«

Da Robin ihre Eltern nicht stören wollte, bediente sie ihr MultiArmband. Sie fragte die aktuelle Reihenfolge des Djibril-Cups ab und eine Grafik erschien auf ihrem Jackenärmel. Die *Jig* war auf Platz zweiunddreißig, die *Arococ* direkt hinter ihr. Insgesamt waren noch siebzig Schiffe im Rennen.

Neben ihr grummelte Sylvester: »Hätte nicht gedacht, dass die nervige Krähe es so weit schafft. Auch eine Cola?«

Robin nickte. »Wir haben ein Drittel der Strecke geschafft.«

Sylvester zog zwei Flaschen aus einer Kühlbox und reichte ihr eine eiskalte Cola.

Harry meldete: »Jetzt geradeaus und dann senkrecht hinab.«

Robin sah förmlich, wie das Feld und ihr eigenes Schiff schneller wurden, denn trotz der Asteroiden war dieser Abschnitt wie dafür gemacht zu rasen.

Harry tippte auf seinen Armaturen herum. »Ich kann nicht sagen, was hinter der Biegung kommt.«

Tia steuerte die *Jig* knapp an einem großen Brocken vorbei. Dabei kam sie der Begrenzung auf fünfzehn Meter nahe, und der Annäherungsalarm summte leise.

Vor ihnen war nun wieder eine braune Wand zu sehen.

Robin sprang auf, als sie die *Arococ* vorbeiziehen sah. »Sie überholen uns! Mom, geh auf's Gas!«

»Ich fliege nicht mit vollem Tempo ins Ungewisse«, sagte Tia.

»Magrap hängt uns ab«, rief Robin.

Tia bremste das Schiff weiter ab, trotzdem kam die Wand mit hohem Tempo näher.

»Er hängt uns ab«, drängte Robin.

Tia reagierte nicht, sondern kippte die Nase der *Jig* nach unten. Der Annäherungsalarm meldete sich wieder.

»Wir müssen schneller werden« versuchte Robin es erneut.

Dieses Mal antwortete ihr Vater. Er warf ihr einen kurzen, verärgerten Blick zu und fauchte: »Lass es!«

Robin schluckte und blieb still. Ihr Vater war nicht leicht aus der Ruhe zu bringen – wenn er sauer wurde, hielt man sich besser zurück.

In diesem Moment flogen sie über den Rand und blickten in den nächsten Abschnitt des Parcours.

Oder besser: Sie konnten ihn kaum sehen, denn er war voll mit Nebelschwaden.

»Was ist das?«, fragte sich Robin.

Neben ihr lachte Sylvester humorlos auf. »Das ist der Schotternebel. Bisher hat das Prallfeld ihn außerhalb des Parcours gehalten. Jetzt nicht mehr.«

Robin brauchte nur einen Moment, um die ganze Tragweite zu verstehen. »Er hindert nicht nur unsere Sicht – auch unsere Sensoren werden von ihm gestört. Ab jetzt fliegen wir nahezu blind.«

»Wie gut, dass wir vom Gas gegangen sind«, kommentierte Tia.

Robin verdrehte genervt die Augen.

*

»Und damit hat sich das Feld halbiert«, verkündete Nick. Er befand sich mit Haja im Maschinenraum – neben seiner Kajüte sein Lieblingsort an Bord.

Der Maschinenraum hatte die Form eines Hammers: Ein schmaler Gang führte in einen ausladenden Kontrollraum mit einem doppelreihigen, hufeisenförmigen Kontrollboard. Auch die Wände waren voll mit Anzeigen und Schaltern. Alle Systeme waren gedoppelt und eher robust denn ergonomisch gestaltet. In zwei ausladenden Regalen lagen Werkzeuge und Ersatzteile, Schutzanzüge standen griffbereit an der Tür.

Nick hatte die aktuellen Rennmeldungen auf einen der Monitore im Maschinenraum gelegt und behielt sie im Blick.

Währenddessen tänzelte Haja im Sechsachteltakt eines Jigs durch den Raum. Sie fühlte sich so mit den Maschinen des Schiffs am engsten verbunden. Nick hatte das für Unsinn gehalten, bis Haja ihn vor ein paar Monaten zum Mittanzen aufgefordert und dabei Jigs aus dem Irish Folk vorgespielt hatte – und Recht behielt. Irgendwie fühlte man sich wie in einem Rhythmus mit dem Dual-Kraftwerk, den Transformatoren und Energiefeldgeneratoren, der Verteilermatrix und Reaktionskammer sowie allen anderen Systemen.

Dazu hatte Haja gesagt: »Jedes Schiff hat seinen Rhythmus, und zur *Jig* passt dieser. Daher hat sie ihren Namen.«

So tanzte Haja durch den Maschinenraum, während Nick den Rennverlauf im Auge behielt.

»Na, ihr Schlingel«, sprach Haja auf die Steuerung der Sensoren ein, »wollt ihr uns nicht ein bisschen mehr verraten? Ich weiß, es ist eine dicke Suppe da draußen, aber seid doch bitte so nett.« Dabei verstellte sie einige Einstellungen mit fliegenden Fingern. Tatsächlich halfen die neuen Einstellungen, dass die Sensorreichweite sich erhöhte. »Ja super, das habt ihr aber toll gemacht!«

Haja gab den Armaturen einen kameradschaftlichen Klaps.

Nick beobachtete diese Zeremonie weniger belustigt als beeindruckt. Haja hatte es in kurzer Zeit geschafft, die Sensoren auf die neue Umgebung anzupassen, indem sie komplizierte Einstellungen verändert hatte, so dass der Nebel dort draußen die Sensoren weniger störte. Diese Leistung zeugte von großem Können. Aber Haja feierte nicht sich selbst, sondern tat so, als hätten die Sensoren ihr einen Gefallen getan.

Vielleicht war es dieses Verständnis von Zusammenarbeit, die Haja so gut sein ließ.

Für Nick war die *Jig* nur eine seelenlose Maschine, die er durch Handbücher verstehen und Erfahrung schätzen gelernt hatte. Eine Maschine, die nur das tat, was man ihr sagte und in dem Rahmen, für den sie konstruiert war.

Selbst wenn man sie besser bedienen konnte, wenn man im Sechsachteltakt tanzte.

Was auch Nelson tat. Der kleine Roboter drehte sich auf seinen drei Kugelrädern, als würde er auf einem irischen Folk-Fest auftreten; dabei klatschte er mit seinen vier Händen im Rhythmus. »Kann ich von Hilfe sein?«, fragte er.

»Gerade nicht«, erwiderte Haja. »Aber danke für dein Angebot.«

»Jederzeit gerne.« Nelson klappte seine Arme in passende Aussparungen.

Nick betrachtete das seltsame Paar und schüttelte amüsiert den Kopf.

»Danke an achtern«, kam Harrys Stimme aus dem Bordfunk. »Die Scheibenwischer funktionieren super.«

Haja grinste und funkte zurück: »Für dich immer, Knuddel.«

Nick wandte sich wieder den Rennmeldungen zu. »Diese Etappe schaltet viele aus: Vier weitere kleben an der Außenwand.«

»Hat es Magrap schon erwischt?«, fragte Haja in einem leichten Singsang.

»Nein, noch nicht. Moment!« Nick grinste. »Gerade reingekommen: Magrap ist über die Markierung gerauscht. Er ist raus.«

»Dann haben wir die Wette gewonnen und müssen uns nicht mehr um die Platzierung scheren.«

Nick sah sie überrascht an »Wieso? Wir können doch noch gewinnen.«

Haja stoppte in ihrem Tanz. »Bitte? Gewinnen? Gegen all die Rennflieger in ihren aufgemotzten Flitzern?«

»Klar. Hätte die Merkantile Majestät die schnellsten gewinnen lassen wollen, hätte sie sich nicht so viel Mühe mit dem Parcours gemacht: die Asteroiden, der Nebel, der die Sensoren stört. Hier geht es um Flugkunst, aber auch darum, clever zu sein. Und um die Show! Das ist der Djibril-Cup, hier kann jeder gewinnen. Gerade die schnellen Flitzer sind im Nachteil, denn ihre Schilde halten die Asteroiden schon jetzt kaum noch ab – im Gegensatz zu unseren, die werden mit ihnen gut fertig. Unser Schiff ist zwar langsamer, für die Strecke aber besser gerüstet. Weißt du warum: weil dies nur die erste Aufgabe ist. Die anderen beiden werden keine Rennstrecken sein, sondern ganz anders. Dafür braucht man keine Rennflieger.«

Haja dachte einen Moment nach. »Du hast recht.«

»Ich hoffe, Mom weiß es auch und geht jetzt nicht vom Gas.«

»Tia? Wenn die einmal Feuer gefangen hat, kann niemand sie bremsen.«

         *

»Vorletzter Abschnitt: die Serpentinen«, meldete Harry.

»Wir sind auf Platz fünfzehn«, sagte Robin.

»Von?«, fragte Sylvester, der die zweite Packung Popcorn aß.

»Dreißig.« Ein Drittel der Teilnehmer hatte es bis hierher geschafft – Robin konnte es kaum fassen. Der schönste Moment war gewesen, als sie alle die *Arococ* an der Außenwand hatten kleben sehen.

Fast hatte Robin damit gerechnet, dass ihre Eltern jetzt nur noch sicher ins Ziel kommen wollten. Stattdessen flogen sie weiter wie bisher: so schnell als möglich, immer wieder in die Mitte orientierend. Sie gaben nicht auf, sondern maßen sich mit den verbliebenen Konkurrenten.

Gerade jetzt überholte sie ein wendiges Raumschiff, das Robin an einen Schmetterling erinnerte. Geschickt wich der Raumer einem großen Asteroiden aus, der aus dem Nebel trudelte. Die *Jig* hatte ihren Kurs schon gesetzt und flog an ihm vorbei. Die Umstellung der Sensoren war ihr großer Vorteil.

Wieder fanden sie ihren Kurs in der Parcours-Mitte.

Trotz des Rennfiebers erkannte Robin, dass sie ihre Eltern noch nie so hatte fliegen sehen. In der Regel berechneten sie den günstigsten Kurs und hielten ihn – schlicht und effizient. In diesem Rennen jedoch ließen sie die *Jig* förmlich tanzen, Robin war begeistert, wie agil das Schiff war. Wie gut ihre Eltern als Piloten wirklich waren.

Gerade jetzt, wo sie mit immer noch gefährlich kurzer Sicht durch eine Strecke flogen, die immer wieder Haken schlug, führten sie ihr Schiff sicher und elegant. Sie verstanden sich, ohne ein Wort zu wechseln.

Robin sah ihre Eltern mit ganz anderen Augen. Sie war stolz.

»Verflucht!«, rief da Tia.

Robin sah auf den Hauptschirm – und in eine riesige Explosion. Ein greller, rotgelber Feuerball dehnte sich vor ihnen aus.

»Volle Leistung Frontalschilde!«, forderte Harry mit lauter Stimme.

Im nächsten Moment waren sie in einem Hagel kleiner Gesteinsbrocken, die mit tödlicher Geschwindigkeit auf die Prallfelder der *Jig* einschlugen. Die Explosion hatte einen Asteroiden zerstört, seine kleinen Überreste rasten jetzt durch den Parcours, prallten von ihm immer wieder ab, und die meisten waren zu klein für die Sensoren, so konnte ihnen niemand ausweichen.

Die Prallfelder vor dem Hauptschirm – dem Fenster aus Glasal – leuchteten immer wieder bernsteinfarben auf, wie eine Lichtshow die außer Kontrolle geraten war.

Zum ersten Mal in diesem Rennen hatte Robin Angst. Wenn nur eines dieser Asteroidenstücke das Prallfeld durchbrach, würde es auch das Fenster oder andere Teile der Außenhaut durchschlagen können – und damit möglicherweise tödlichen Schaden anrichten.

Ihr erster Gedanke war: *Wir müssen abdrehen.*

Tia jedoch hielt die Nase des Schiffes auf die Explosion gerichtet – aber sie flog nicht in die Explosion. Stattdessen zündete sie die Steuertriebwerke, dass die *Jig* angehoben wurde, und das Heck stieg über den Bug.

So beschrieb die *Jig* einen Halbbogen über die Explosion, die Front ihr zugewandt.

Der Annäherungsalarm ertönte: Die hinteren Radiatorflossen kamen dem Rand des Parcours nahe. Zehn Meter.

Trotz der Gefahr vor ihnen starrte Robin auf die Alarmanzeige.

Fünf Meter.

Wenn wir den Rand berühren, ist das Rennen gelaufen.

Drei Meter.

Erneut zündete Tia einige Steuerdüsen. Das Heck der *Jig* sank herab und verfehlte den Rand – um einen Meter.

Robin atmete auf.

Immer noch sahen sie in die Explosion, denn nun flogen sie mit dem Heck voran, durch das Bullauge sahen sie nach hinten.

Die Explosion zerfaserte zusehends, wurde fast durchsichtig – als ein bulliges Raumschiff durch sie pflügte, wie ein Rammbock, der das Tor einer Burg zerbersten ließ. Seine Prallfelder erglühten und verbrannten. Aber es schaffte es im letzten Moment.

Robin blinzelte.

Das Rennen ging weiter!

Sie sah auf die Anzeigen ihres Ärmels – und konnte es nicht glauben. »Wir sind auf Platz vier!«

»Noch eine Kurve und wir sind auf der Zielgeraden.«

Da verstanden sie es alle: Die ersten fünf würden sich für die nächste Herausforderung qualifizieren.

Sie konnten es schaffen.

»Keine Zeit zu drehen«, sagte Tia.

Im nächsten Moment lag das Bild der Heckkamera auf dem Hauptschirm und zeigte ihnen die Strecke, die vor der *Jig* lag.

Tia gab Schub und die Kurve sprang ihnen entgegen.

Robins Angst wich dem Rennfieber. Sie mussten nur ihren Platz halten, und sie hätten es in die nächste Runde geschafft.

Hinter ihnen jagte der bullige Frachter heran, vor ihnen raste das Schmetterlingsschiff.

Die Kurve führte nach rechts. Einen Moment verloren sie den Schmetterling aus den Augen, dann waren sie um die Kurve und vor ihnen lag die Zielgerade. Kein Nebel behinderte die Sicht auf das schillernde, bunte Energiefeld des Ziels.

Tia fuhr die Haupt- und Zweittriebwerke auf volle Leistung; die *Jig* vibrierte leicht, als sie mit voller Beschleunigung dem Ziel entgegen sprintete.

Das Schmetterlingsschiff blieb vor ihnen, konnte seinen Vorsprung noch leicht ausbauen, der Frachter holte sie nicht mehr ein.

Als viertes Schiff durchflog die *Jig* die Ziellinie.

Und Popcorn flog durch die Brücke, als Robin ihren Opa mit einem Jubelschrei umarmte.

Kapitel 6

Der Empfang war überwältigend.

Gestern hatten sie an einem der hintersten Tore angedockt, nahe einer Müllbeseitigungsanlage. Heute flogen sie in den gigantischen Haupthangar ein: Hunderte Personen standen hinter schimmernden Energievorhängen, Standarten mit dem Logo der Merkantilen Majestät schmückten den Raum und Holoskulpturen zeigten die Höhepunkte des Rennens, die größte den Zieleinflug der fünf Gewinner.

»Wäre schön, wenn wir immer so empfangen würden«, kommentierte Tia.

Haja klatschte in die Hände. »Und freie Kost und Logis in den Luxussuiten.«

»Mit Whirlpool und Massage«, stimmte Sylvester in den Traum von Haja ein. »Das wäre was für meine alten Knochen.«

Harry lachte. »Wieso genießen wir nicht einfach den Moment?«

Das taten sie dann auch. Langsam schwebte die *Jig* zwischen den anderen Raumschiffen durch die Massen. Hinter ihnen schlossen sich die Tore, die Energiefelder erloschen und Harry schaltete die Außenmikrofone ein, damit sie den Applaus der Zuschauer hören konnte: Es wurde geklatscht, mit Schwänzen geschlagen, mit Scheren geklappert. Ein Ansager vermeldete die Namen der Gewinner, seine Stimme dröhnte aus Lautsprechern: »Der Sieger dieser Etappe: unser allseits beliebter und überall bekannter Chaynee Paramour mit seinem berühmten Boliden *Feuerpfeil*!«

Das Raumschiff am Kopf des Korsos schwankte zum Gruß leicht. Es hatte die Form eines auf der Seite stehenden Hs; der pfeilförmige Schiffsrumpf bildete den Mittelbalken, an den Flügelenden hingen die vier übergroßen torpedoförmigen Triebwerke. Das Schiff schimmerte in einer goldenen Legierung, bunte Rennstreifen zogen sich strahlend über den Rumpf. Dieses Schiff – und seine Crew – waren jedem bekannt, der sich für Raumer-Rennen interessierte. Seit einem Jahrzehnt mischte Chaynee mit der *Feuerpfeil* in der Spitzenklasse mit.

Der Ansager stellte die nächste Gewinnerin vor: »Auf Platz zwei durchflog das Ziel Garula die Siebte. Sie ist Kommandantin der Freien Republik Luran. Ihr Schiff trägt den stolzen Titel *KB-75* –

nun ja, da ließe sich wohl noch was flotteres finden.«

Das Luran-Schiff hatte die Form einer aufrecht stehenden Sichel, das Cockpit ragte oben heraus. Groß prangte das Symbol der Republik Luran auf den Seiten: Eine aufgespießte Raubkatze umrankt von sieben Sternen, alles auf einem dunkelblauen Hintergrund.

Das Schiff hinter der Sichel hatte die Form eines Schmetterlings: Vier übergroße Triebwerksflügel, in deren Mitte ein fassförmiger Rumpf. Das ganze Schiff schimmerte in den Farben des Regenbogens, als wäre es mit glänzendem Öl überzogen.

»Auf dem dritten Platz die *Sendel*, das Schiff des Technosophen-Meisters Qeng. Bravourös geflogen von seiner Pilotin VarNa.«

Bei allen genannten Namen hatte das Publikum begeistert gejubelt – so auch jetzt, als sie angekündigt wurden.

»Auf Platz vier die *Jig*, ein Kurierschiff von Terra. Am Ruder sitzt Tia Ambrose!«

Langsam schob sich der schmale, raketenförmige Rumpf des Erdenschiffs an den Zuschauern vorbei. Die Scheinwerfer ließen das Postlogo erstrahlen. Tia ließ es sich nicht nehmen, kurz die Hilfstriebwerke im Leerlauf zu zünden. Das kurze Auftauchen wurde mit weiteren Jubelrufen begrüßt.

Kurz darauf erreichte die *Jig* ihren Landeplatz. Tia reduzierte das Prallfeld, auf dem sie schwebte, fuhr die Kufen aus und landete.

Hinter dem schlanken Klipper wirkte das letzte Raumschiff des Konvois noch bulliger: Ein metallisch-grauer Backstein, bei dem aus jeder Ecke Düsentrichter ragten und am Bug ein Cockpit, das an den Kopf eines Nashorns erinnerte. Seinen letzten Anstrich hatte das Schiff wohl beim Stapellauf erhalten.

»Und der letzte Gewinner der ersten Etappe des Djibril-Cups ist Bronto Grumtz«, vermeldete der Ansager. »Seine *Anasilk* ist ein aufgemotzter Erzfrachter von Urpajid«.

Auf der Brücke der *Jig* richtete sich Nick auf der Couch auf. »Urpajid? Das ist doch der Preis des Cups.«

»Ja, der Gewinner bekommt Urpajid«, sagte Robin. »Wie kann der Planet der Gewinn sein, wenn dort jemand lebt?«

Natürlich wusste Sylvester die Antwort. In seinen sieben Jahrzehnten war er nahezu pausenlos durch die bekannte Galaxie gereist. »Auf Urpajid gibt es kein intelligentes Leben, dort hat sich nie eine Zivilisation etabliert. Die Merkantile Majestät hat den Planeten wegen seiner Rohstoffe erschlossen und über ein gutes Jahrhundert ausgeplündert.

Natürlich hat sich keiner der Djibril selbst die Hände schmutzig gemacht, sondern sie haben sich Hilfsarbeiter geholt, die jetzt auf Urpajid siedeln.«

»Und Bronto Grumtz ist einer von diesen Siedlern?«, hakte Robin nach.

Sylvester zuckt mit den Schultern. »Vermutlich.«

»Wenn diese Hilfsarbeiter seit hundert Jahren auf Urpajid leben – ist das dann nicht ihre Heimat?«

»Es gibt viele Völker, die wie Nomaden durch das All ziehen. Sie werden einfach ihre Zelte abbrechen und sich Jobs auf einem anderen Planeten suchen.«

»Offensichtlich sind nicht alle dazu bereit und wollen lieber auf Urpajid bleiben.«

»Wieso?«

Robin sagte: »Ist doch klar: Sonst würde Grumtz nicht versuchen, Urpajid zu gewinnen.«

Harry schob seinen Stuhl von der Konsole des Astrogators zurück und drehte sich herum, damit er alle ansehen konnte. »Was eine Frage aufwirft, die wir mit euch besprechen wollen.«

Am Ruder stellte Tia alle Systeme auf Ruhestellung. Sie stand auf und stellte sich neben Harry. Sie öffnete die Hände in einer Geste, die ihre Kinder, ihren Schwiegervater und ihre beste Freundin umfasste. »Wollen wir denn Urpajid gewinnen? Machen wir weiter?«

»Na sicher«, sprudelte es aus Robin heraus.

Nick nickte. »Klar.«

Harry sah seinen Vater an. »Sylvester?«

Sylvester nahm seinen Hut, kratzte sich am Kopf. Die wenigen grauen Haare standen dadurch noch wilder ab. »Ich weiß nicht. Das war nur das erste Rennen, und es hätte schnell einen Unfall geben können. Ich meine, es gab ja sogar einen, auch wenn keiner verletzt wurde. Die nächsten beiden Runden sind Aufgaben, die wir gar nicht kennen – die aber gefährlicher werden. Das erwarten die Zuschauer.«

Nick sagte: »Alle Teilnehmer des letzten Cups haben ihn überstanden.«

»Heil überstanden?«, hakte sein Vater nach.

»Die einen mehr, die anderen weniger.«

»Aber überstanden«, sagte Tia. Die beiden warfen sich einen Blick zu, den Tia mit einem Schulterzucken beendete.

»Eine Frage hätte ich«, mischte sich Haja ein. »Was wollen wir mit einem Planeten? Ich meine, wenn wir gewinnen, ist das der Preis. Was wollen wir damit? Wir machen ja nicht zum Spaß mit.«

»Na ja, ich schon«, erwiderte Tia.

»Dabeisein ist doch alles«, unterstützte Robin ihre Mutter.

»Wir werden eh nicht gewinnen«, sagte Nick. »Also sollten wir uns daraus einen Jux machen.«

Haja sah den Jungen an. »Wir werden nicht gewinnen?«

»Bei den Konkurrenten? Auf keinen Fall!«

Robin sprang auf. »Wir haben alle die gleichen Chancen.«

Nick schüttelte den Kopf. »Haben wir nicht. Wir treten an gegen einen Rennstar, der unter den Top drei Rennfliegern des ganzen Sektors ist. Gegen Technosophen, deren Raumschiff der *Jig* wohl in jeder Hinsicht überlegen ist, weil die Technosophen einfach die besten Wissenschaftler der bekannten Galaxis sind. Und ein Kanonenboot der Luran-Marine: Die sind dafür gebaut superschnell an jedem Einsatzort aufzutauchen und dort jedes Problem zu lösen, dass sich ihnen stellen kann. Und was haben wir? Einen Klipper mit mittelmäßiger Technologie ...«

»Ich darf doch sehr bitten«, warf Haja entrüstet ein.

»... mit einer Crew, die Botenflüge absolviert und keinerlei Erfahrung mit Rennen oder heiklen Aufgaben hat.«

Tia hielt dagegen: »Diese Sache mit dem Kalifen von Kalaa-Karschie war ziemlich heikel.«

Robin wies auf ihre Mutter. »Sehr heikel.«

Sylvester machte bei der Erinnerung große Augen. »Äußerst heikel.«

Harry stand auf und ging in die Mitte des Cockpits. »War sie. Trotzdem haben Nick und Haja recht: Wir sind Außenseiter und was wollen wir hier gewinnen?«

»Einen Ruf, der uns im ganzen Kooperationssektor bekannt macht«, sagte Tia. Als sie weiterredete, ruderte sie immer schneller mit den Armen. »Das war es doch, warum Andrew uns das Startgeld vorgestreckt hat: Er will für die terranische Post werben. Im Moment sind wir nur ein paar unbekannte Expressflieger unter vielen, niemand fordert uns persönlich an, um seine Waren von A nach B zu bringen. Aber wenn wir den Cup gewinnen, sind wir berühmt. Ach was, wir müssen nicht einmal gewinnen, sondern einfach nur heil überstehen und jeder kennt unsere Namen. Wir werden uns die Aufträge aussuchen können, anstatt auf der Lohnliste der Post zu stehen. Deswegen haben wir unser eigenes Schiff, deswegen sind wir hier draußen, um unabhängig – um frei zu sein. Und nach dem Cup können wir das endlich!«

Es folgte ein langes Schweigen. Jeder dachte über Tias Rede nach.

Es war Haja, die als Erste sprach. »Das Problem bleibt: Wenn wir gewinnen, was machen wir mit einem Planeten?«

Sylvester grinste. »Ein Wellness-Ressort.«

»Ja, Brummbär«, jubelte Haja und die beiden klatschten sich ab.

Robin rief: »Wir bauen eine Station des Geheimdienstes darauf. Als Wellness-Ressort getarnt.«

»Clever«, lobte sie Nick. »Wir könnten die Gäste abhören und so an wichtige Informationen kommen.«

»Wie bei Constant Time, Staffel 3 Episode 12«, verwies Robin auf ihre Lieblingsserie.

»*Kumba-Ya und Kanonen*«, zitierte Nick den Folgentitel und nickte.

Harry klatschte laut in die Hände und brachte alle wieder in die Gegenwart zurück. »Bleiben wir mal bei der Sache. Wir sind noch ganz am Anfang. Noch können wir raus aus dem Cup.«

Alle sahen sich an – und keiner schien so recht Lust darauf zu haben. Es war Haja, die die allgemeine Stimmung in Worte fasste.

»Ach weißt du, wenn wir schon mal hier sind, können wir auch Spaß haben.«

Harry hob schicksalsergeben die Hände. »Was für eine Crew.«

Tia stellte sich vor ihm auf die Zehenspitzen und gab ihm einen Kuss. »Die beste.«

*

Als sie über die Bugrampe schritten, wurden sie von Hochrufen überrascht, ein paar Zuschauer schwenkten sogar Flaggen der terranischen Post. Robin erkannte ein paar Postfahrer, die sie auf ihren Reisen kennengelernt hatten, und winkte ihnen zu.

Tia zog eine Sonnenbrille hervor, setzte sie betont lässig auf und winkte in die Runde, als würde sie jeden Tag gefeiert.

In der ersten Reihe stand Andrew McClintock. Er klopfte dem Bärenwesen an seiner Seite auf die Schulter und brüllte ihm was ins Ohr, was den dazu veranlasste, ein tiefes Brummen auszustoßen.

»Wir haben Fans«, sagte Haja begeistert und verteilte Kusshände. Sie zeigte auf das Bärenwesen. »Willst du ein Autogramm?«

Wieder brüllte der Fan.

»Du kriegst es!« Haja stöckelte zu ihm herüber, zog einen Stift und wedelte damit in der Luft.

Sofort bildete sich eine Traube und ihr wurden Blöcke, Tatzen und Hemden hingehalten, die sie mit einem schwungvoll platzierten Autogramm verschönerte.

Ihre Fan-Gruppe war verschwindend klein gegen den Auflauf, der sich um Chaynee Paramour gebildet hatte. Hinter der Hundertschaft von Anhängern war er nicht mehr zu sehen. Sicherheitskräfte drängten die Masse langsam auseinander.

Robin und Nick gingen näher heran, um den bekannten Rennfahrer zu sehen – und tatsächlich öffnete sich eine Gasse, so dass sie ihn sehen konnten: Er trug einen weiß-goldenen Overall mit hohem Kragen. Chaynee war knapp zwei Meter groß, wobei die obersten zwanzig Zentimeter von seinen löffelförmigen Ohren eingenommen wurden. Blaue Augen strahlten jeden freundlich an, seine bunten Backenhaare vibrierten leicht, als er sich lachend zurückbeugte. Mund und Nase bildeten einen kurzen Rüssel. Er hob seine langgliedrigen Arme und machte beruhigende Gesten zu der Masse seiner Verehrer.

»Danke, danke für euren warmen Empfang«, rief er über das Jubeln und Klatschen. »Wir werden noch genug Zeit füreinander haben. Jetzt muss ich mich leider verabschieden – die Rennleitung verlangt nach mir.«

»Die Rennleitung?«, fragte Robin. »Was will sie von ihm?«

Nick drehte sich um. »Das Gleiche, was sie von uns will. Mama winkt uns zu sich.«

Jetzt sah auch Robin zur *Jig*. Dort standen ihre Eltern und Sylvester, bei ihnen schwebte ein Roboter. Auf den ersten Blick wirkte er wie ein grüner Pilz. Das obere Stück hatte die Form einer Halbkugel mit sichtbaren Sensoren. Die Mitte bildete ein dicker Reifen mit vielen Klappen, hinter denen sich Arme mit verschiedenen Werkzeugen verbargen, die bei Bedarf ausgefahren wurden. Ein säulenförmiger Torso endete in einer Scheibe, die wie ein Zahnrad aussah. In ihm waren die Schieffer-Levitatoren untergebracht, die den Roboter schweben ließen. Der Roboter war etwas über zwei Meter hoch.

»Lass uns das mal ansehen«, sagte Robin und die beiden liefen zu ihren Eltern. Als sie näher kam, drehte sich der Kuppelkopf des Roboters und zwei große, schwarze Sensoren schienen sie anzublicken.

»Frau Robin Ambrose und Herr Nick Ambrose, darf ich annehmen?«

»Stimmt genau«, erwiderte Robin.

»Ich bin Kontroll-Ordonanz-Einheit 4711. Meine Aufgabe ist es, Sie über den weiteren Ablauf des Cups zu unterrichten und gleichzeitig darauf zu achten, dass Sie keine Regelverstöße unternehmen.«

»Wir doch nicht«, sagte Nick.

Robin salutierte flott. »Kannst dich auf uns verlassen, Konny.«

Harry übernahm sofort den Kosenamen von seiner Tochter. »Also, Konny, wie geht es denn jetzt genau weiter?«

Die Roboter-Einheit schien sich nicht an der neuen Bezeichnung zu stören. »Ihre Crew scheint mir unvollständig.«

Die Ambroses sahen zu Haja. Die war umringt von Fans, ließ Fotos von sich machen, umarmte jeden, der nahe genug stand und hatte eine ausnehmend gute Zeit.

Tia pfiff laut auf ihren Fingern. »Haja! Komm mal her.«

Haja stand immer noch im Kreis ihrer Bewunderer, die gerade einhellig über eine ihrer Anekdoten lachten. Als sie den Ruf hörte, verabschiedete sie sich gestenreich. Bei ihrer Crew angekommen, sagte sie: »Alles nette Leute hier. Was ist denn?«

Konny schwebte nach rechts. »Bitte folgen Sie mir. Wir haben einen Aufenthaltsraum für die Rennteilnehmer vorbereitet.«

»Heißt das, wir treffen Chaynee?«, fragte Nick, der seine Aufregung nicht verstecken konnte.

»Alle Besatzungen werden anwesend sein«, meinte Konny.

Robin sah sich um. Die anderen Crews strebten dem gleichen Ausgang zu wie sie, und an deren Spitze schwebten Roboter der gleichen Bauart wie Konny, nur in anderen Farben.

Ihr Abzug wurde von Hoch-Rufen und Applaus begleitet, und Haja verteilte noch einige Kusshände. Sie alle winkten, als sie am Ausgang standen. Jetzt erst entdeckte Robin die kleinen Kamera-Roboter, die über den Köpfen der Fans schwebten. *Das alles wird aufgezeichnet – oder wohl eher live in den ganzen Sektor übertragen.*

Dieser Gedanke machte ihr klar, wie groß der Cup war und das sie, ihr Bruder, ihre Eltern und Sylvester und Haja ein Teil davon waren. Bisher war ihr das alles nicht real erschienen, das Spektakel hier am Landeplatz übersichtlich. Die Leute da draußen überall im Sektor, in diesem Teil der Galaxie kannten ihre Namen und Gesichter; sahen jetzt, in diesem Moment, wie sie sich bewegte, was sie sagte würden Millionen hören.

Lampenfieber trieb ihr Schweiß auf die Stirn, ihre Wangen wurden heiß.

Als sich das Tor zwischen ihnen und den Fans und vor allem den Kameras schloss, war sie erleichtert.

*

Etwas später dachte Robin schon nicht mehr über die Berichterstattung nach. Während sie mit einem halben Ohr den Erklärungen über den weiteren Ablauf des Cups zuhörte, betrachtete sie fasziniert ihre Konkurrenten.

Da war natürlich Chaynee, der lässig in seinem Sessel saß und gekonnt so tat, als würde ihn das alles nicht recht interessieren – nur seine Ohren verrieten ihn, denn die Löffel standen aufrecht und drehten sich aufmerksam immer dorthin, wo gerade geredet wurde. Bei Chayennes Volk waren die Ohren immer die besten Zeichen für die Gemütslage - und seine waren angespannt.

Gerade jetzt waren sie ausgerichtet auf den weißen, pilzförmigen Roboter, der am Kopfende des kleinen Saals schwebte. Er war doppelt so groß wie Konny und die anderen vier Pilzroboter. Er war eindeutig ihr Chef; der Meister dieser Zeremonie.

»Wie Sie sehen«, erklärte er mit hoher Stimme, »reicht es nicht, das schnellste Schiff zu fliegen. Bei Erreichen einer Ziellinie werden die Punkte von fünf abwärts vergeben, nach dem Rang der Ankommenden. Es gibt drei Rennstrecken und drei Aufgaben. Da für das Lösen einer Aufgabe sieben Punkte an jeden vergeben werden, der eine Aufgabe meistert, kann durchaus der langsamste am Ende gewinnen.«

»Was ist, wenn es beim Endstand ein Unentschieden gibt?«, fragte Garula die Siebte.

Der weiße Roboter antwortete: »Bei gleicher Punktzahl entscheidet die Anzahl der gelösten Aufgaben. Danach werden die Platzierungen auf den Rennstrecken verglichen.«

Garula die Siebte wackelte mit dem Kopf.

Sie hatte sich vorgestellt als eine Kommandantin der Freien Republik Luran. Ihr Gesicht erinnerte mit seinen großen Augen und dem kleinen Schnabel an eine Eule, jedoch wuchs auf Kopf und Armen eine dicke Schicht weißer Wolle, wie bei Schafen auf der Erde.

Ihr Begleiter war etwas kleiner als sie. Auch er trug einen Uniform-Overall in Grün und Silber.

Robin hatte sich immer schon für Kulturen und Völkerkunde interessiert. Sie wusste, dass die Freie Republik Luran an der Grenze des Kooperationssektors zur Allianz der Unbesiegten lag. Die Luraner sicherten die Grenze mit großem Eifer.

Warum hat die Republik eine Kommandantin zum Djibril-Cup geschickt, fragte sich Robin.

Neben ihr murmelte ihr Vater: »Warum hat Luran eine Kommandantin hierher geschickt?«

Robin grinste.

Ebenso leise sagte Sylvester: »Urpajid liegt nahe an der Grenze zur Allianz der Unbesiegten. Ein Vorposten der Luraner dort wäre günstig, wenn die Allianz wieder mal eins der ärgerlichen Manöver durchführt.«

Natürlich weiß gerade Opa um solch militärische Zusammenhänge, dachte Robin. Sylvester schien fast eingeschlafen, wie er so dasaß: nach vorne gebeugt, das Kinn auf seinen Gehstock gestützt und den Strohhut tief in die Stirn gezogen. *Aber mich täuschst du nicht, du alter Fuchs.*

»Und was ist mit den Technosophen?«, fragte sie ihren Opa.

Der zuckte mit den Schultern. »Wer weiß schon, was die wollen?«

»Vielleicht ein neue Bleibe«, flüsterte Robin. »Nachdem sie von Rok vertrieben wurden, suchen sie einen Stützpunkt für ihre Kirche.«

Sylvester wiegte den Kopf.

Harry kraulte seinen Bart. »Kann gut sein. Im Merdianischen Reich sind sie in Ungnade gefallen, da käme ihnen ein Kloster hier im Sektor gelegen. Hier sind sie beliebt. Wird auf alle Fälle interessant zu sehen, welche Tricks sie auf Lager haben.«

Da konnte Robin ihrem Vater nur zustimmen. Die Technosophen waren eine Kirche, die den Beweis für einen Gott oder Götter mithilfe von

Technik suchten. Da Gott oder Götter den Lebewesen Intelligenz gaben, um Technik zu entwickeln, schien Technik der beste Weg, um die Erschaffer zu finden – so war ihre Lehre. Sie machten keine Unterschiede, aus welchem Volk ihre Mitglieder kamen, solange sie sich an der Suche beteiligten. Technosophen waren friedliebend, sie nutzten ihre weit fortgeschrittene Technik nicht für Waffen – was viele komisch fanden, etwa die Medianer, die Allianz der Unbesiegten und auch die Luraner. Sie alle konnten nicht verstehen, warum die Technosophen aus ihrem Wissen und Geräten nicht viel mehr Vorteile für sich herausschlugen. Das war doch merkwürdig, oder? Dahinter musste eine geheime Agenda stecken und viele hatten viele Ideen, was es sein könnte – aber keiner kannte die Wahrheit. Deswegen hatten die Technosophen noch einen weiteren Namen: die Arkanen.

Während sich die halbe Galaxis über sie die Köpfe zerbrach, fuhren die Technosophen einfach fort, die Geheimnisse des Universums zu erforschen und immer ausgefeiltere Gerätschaften herzustellen.

Robin wusste, dass Nick von den Technosophen fasziniert war. Ihre Philosophie hielt die Naturwissenschaften und Ingenieurskunst für fast heilig. Das war ganz im Sinne ihres technikbegeisterten Bruders.

Robin sah zu Nick und tatsächlich schien der nur Augen für die drei Technosophen zu haben, die am Rand saßen.

Zwei von ihnen waren Kopffüßer, den irdischen Kalmaren oder Tintenfischen ähnlich. Da endeten die Ähnlichkeiten auch schon, denn sie waren intelligenter, lebten nicht im Wasser und flogen ins All.

Robin ärgerte sich darüber, dass sie alle Außerirdischen mit Tieren oder Pflanzen von der Erde verglich. Aber das war wohl nötig, um sich in diesem großen, fremdartigen Weltall mit seinen unendlichen Wesen zumindest halbwegs zurechtzufinden. Erst wenn man das Fremde besser kennenlernte, wurde es zu etwas Eigenem.

Also sah Robin sich die beiden genauer an.

Die Kopffüßer gehörten zum Volk der Qasafen. Da ihre Körper kein Skelett besaßen, trugen sie leichte Rüstungen, um sich aufrecht halten zu können. Die Rüstungen schimmerten in allen Farben, als wären sie mit Öl überzogen. Ständige blinkten kleine Kontrolllämpchen und aus den Kragen strömten feine Nebelwölkchen.

Ihre sechs Beine und vier Arme waren blaue Tentakel. Die Köpfe ragten wie spitze Kegel auf, mit runden Mündern und großen goldenen Glubschaugen.

So fremdartig sie waren, wirkten sie freundlich. Der Größere schien zu meditieren. Da ruckte eines der Augen, und Robin fühlte sich ertappt, denn es starrte sie an. Robin blickte nicht weg, sondern lächelte und winkte. Ein langer Tentakel erwiderte den Gruß.

Robin fragte sich, ob einer der Qasafen die Pilotin des Raumschiffes war – oder die dritte Person bei den Technosophen.

Robin hielt sie für eine Axianerin. Dafür sprachen die alabasterweiße Haut und der auffallend schlanke Wuchs. Auf den ersten Blick war sie einer menschlichen Frau sehr ähnlich. Wofür Robin die Frau am meisten beneidete, waren ihre Haare: Nicht wegen der blauweißen Farbe, sondern weil Axianerinnen ihre Haare bewegen konnten, wie Menschen ihre Finger. Tatsächlich bewegten sich ihre Haare gerade jetzt und legten sich in einer perfekten Schneckenfrisur um den Kopf.

»Sie ist die Pilotin«, flüsterte Nick mit einem Nicken zu der Frau. »VarNa heißt sie. Der Qasaf, der dir zugewunken hat, ist Meister Qeng.«

»Woher weißt du das?«

Nick zeigte auf den Schirm seiner Mütze. Auf der Unterseite waren die Profile der beiden abgebildet. »Läuft gerade alles im Info-Netz. Qeng ist über hundertdreißig Jahre alt!«

Robin nickte. »Ganz normal für einen Qasaf. Die haben übrigens vierzehn Geschlechter und sind amphibisch. Ist die Frau eine Axianerin?«

»VarNa? Oh ja.«

Die Art, wie Nick die letzten beiden Worte aussprach, machte Robin klar, dass er in sie verschossen war.

Robin grinste. *Ist nicht das erste Mal, dass er sich verguckt.* »Sie ist eine Pilotin, du bist ein Pilot – da habt ihr doch schon eine Gemeinsamkeit, von da an läuft alles wie von selbst.«

»Das wird schon, warte es nur ab.«

Robin liebte seinen Optimismus.

Sie lehnte sich zurück und sah wieder nach vorne, wo der weiße Roboter immer noch beim Erklären der Regeln war. »Kommunikation zwischen den Teilnehmer ist während eines Rennens und einer Aufgabe streng untersagt. Waffeneinsatz ist untersagt. Absprachen zum Erreichen von Vorteilen sind untersagt. Natürlich können Sie die Regeln jederzeit bei den Ihnen zugeteilten Kontroll-Ordonanzen erfragen.«

Das werde ich wohl müssen, dachte Robin, die das Meiste verpasst hatte.

Der Zeremonienmeister fuhr fort: »Nach der Installation der Übertragungsgeräte in ihren Schiffen werden diese laufend Aufzeichnungen machen.

Vor der Ausstrahlung werden algorithmische Intelligenzen die Aufzeichnungen ordnen, zusammenstellen und über die angeschlossenen Sender ins Info-Netz senden. Mit der Teilnahme an dem Cup haben Sie dem zugestimmt.«

Robin konnte sich nicht daran erinnern. »Haben wir?«, fragte sie Nick.

»Haben wir.«

»Oh«, sagte ihr Vater von der anderen Seite. Er klang überrascht und nicht gerade begeistert von der Idee, auf seinem eigenen Schiff beobachtet zu werden.

Der Zeremonienmeister schwebte ein Stück zur Seite und ein Hologramm schimmerte an der leeren Stelle. Es zeigte eine Miniaturansicht von der Kajip-Station. Schnell wurde sie kleiner, als die Ansicht nach oben fuhr, bis man schließlich einen Ausschnitt des Kooperationssektors sehen konnte. Eine gestrichelte Linie entstand.

Der weiße Pilzroboter erklärte: »Ihre erste Aufgabe besteht darin, eine bestimmte Fracht von Kajip-Station zur Trejir-Station zu befördern. Die Fracht besteht aus in Stasis befindlichen Lebewesen. Alle Lebewesen müssen lebend auf Trejir-Station abgeliefert werden. Sie haben einhundert Stunden, um die Station Trejir zu erreichen. Dies ist eine Aufgabe, kein Rennen. Wer die Aufgabe erfüllt erhält sieben Punkte. Wer die Aufgabe nicht erfüllt erhält keine Punkte.«

Robin sah noch einmal auf die Route, die im Hologramm zu sehen war. »Das schaffen wir locker.«

»Wenn das so einfach ist«, sagte Nick, »warum gibt es dafür mehr Punkte als für das Rennen vorhin?«

*

»Das geht nicht!«

»Was spricht gegen eine Kamera in diesem Raum?«, fragte Konny.

»Das ist der Waschraum!« Nick verschränkte die Arme vor der Brust. »Niemand filmt mich auf der Dusche oder Toilette.«

Konny brauchte einen Moment, bis er sagte: »Ist dieser Ort von einer besonderen Bedeutung für Ihr Volk?«

»Kann man so sagen.«

»Eine religiöse Bedeutung?«

»Nun ja ...«, sagte Nick. »Wenn dem so ist, wird dann die Kamera entfernt?«

»Religiöse Gefühle sollen nicht verletzt werden.«

»Wir vollziehen auf diesem Ort ein Ritual der Reinigung.«

Konny schwebte in die Toilette. »Ich werde die Kamera entfernen.«

Zufrieden mit sich selbst, grinste Nick breit.

Da kam Haja den Gang entlang und winkte ihm zu. »Schatz, das Buffet wartet auf uns und du bist noch gar nicht umgezogen! Schwing die Haxen, sonst sind die besten Happen weg.«

Konny schwebte in den Gang, eine Kamera mit einem Greifer haltend. »Herr Nick war mir eine große Hilfe bei der Montage der Kameras.«

»Seid ihr beiden fertig?«

»Ja.«

Haja klatschte in die Hände. »Sehr schön. Dann können wir ja los.«

Nick sah an sich herab. Er trug den Postoverall, seine bevorzugte Kleidung, da er viele Taschen hatte. »Geht das denn nicht?«

»Schatz«, sagte Haja in einem Ton, der keine Widerworte duldete, »Tia hat für jeden von uns Kleider gedruckt. Sie will, dass wir was hermachen und nicht aussehen, als kämen wir gerade aus dem Maschinenraum. Der ganze Sektor schaut auf uns.«

Nick verdrehte genervt die Augen. Er war gespannt auf das Rennen, aber er mochte es nicht, sich vor anderen präsentieren zu müssen. Seiner Mutter, Haja und Robin gefiel sowas. Beim letzten Jahresfest der Kurierfahrer hatten sie sogar eine

Tanznummer aufgeführt. Sollten die drei doch Interviews geben. Nick wollte seine Ruhe.

Natürlich wusste Haja, wie es Nick ging – und natürlich würde sie ihn nicht damit durchkommen lassen, dass er sich zurückzog. Sie nahm ihn bei der Schulter und zog ihn den Gang entlang zu seinem Zimmer. »Ich bin schon total gespannt, wie dir die Klamotten stehen!«

Als sie sein Zimmer erreichten, schob Haja ihn hinein, winkte Konny zu und rief: »Verdirb nicht die Überraschung.«

Dann schloss sich die Tür für den Roboter.

Kontroll-Ordonanz-Einheit 4711 flog ohne zu zögern weiter. Sie aktivierte die Kamera im Zimmer von Nick und stellte fest, dass eine offene Schranktür die Sicht der Kamera einschränkte. Sie konnte weder Haja noch Nick sehen. Sie würde das später korrigieren.

Konny flog den Gang weiter und überprüfte dabei alle montierten Kameras. Es gab keine Ausfälle.

Im Frachtraum standen Harry und Robin, die interessiert den Quader betrachteten, der auf Schieffer-Levitatoren schwebte. Er war drei Meter hoch, ebenso tief und breit. An einer Seite war ein Bedienfeld, das gelb leuchtete.

Harry legte seine Hand darauf, doch nichts geschah. »Es gibt keine Knöpfe, und das Bedienfeld ist nicht aktiv«, sagte er zu Robin.

Die bemerkte Konny und fragte: »Kannst du den Quader bedienen?«

Als Antwort flog Konny an das Bedienfeld. Eine Klappe öffnete sich in seinem runden Pilzkopf und eine kleine Antenne kam heraus. Das Bedienfeld leuchtete grün.

»Die Einheit funktioniert in den vorgegebenen Parametern«, sagte Konny.

»Was heißt das genau?«, fragte Harry.

Konny antwortete: »Die Lebewesen, die Sie transportieren sollen, leben und werden während des Flugs mit allem Lebensnotwendigen versorgt.«

»Wir müssen uns um nichts kümmern?«

»Diese Zooeinheit arbeitet autark.«

»Sie braucht keine Energie? Oder Nachschub mit Essen oder Trinken?«

»Nein.«

Robin fragte: »Muss sie während des Flugs gereinigt werden?«

»Nein.«

»Bekommen wir eine Meldung, wenn etwas kaputt ist?«

Konny erwiderte: »Von einer Fehlfunktion werde ich Sie in Kenntnis setzen.«

Bevor sie weiter fragen konnten, erklang die Stimme von Tia aus den Bordlautsprechern. »Skipper an Besatzung, bereit zum Essenfassen? Und vergesst nicht, euch hübsch zu machen.«

»Nun gut«, sagte Harry und gab dem Roboterkran Anweisung, den Quader gut im Frachtraum zu verstauen.

Harry und Robin warfen sich einen Blick zu. Sie brauchten nichts zu sagen, um zu wissen, das sie das Gleiche dachten: *Wenn alles so einfach ist, was ist dann die Aufgabe?*

Mit dem Gefühl, etwas Wichtiges übersehen zu haben, verließen sie den Frachtraum.

*

»Er steht dir«, sagte Tia. Sie betrachtete Nick von oben bis unten.

»Ist bequem«, gab Nick zurück.

»Die Mütze musste sein?«

»Sie musste sein.«

»Okay«, seufzte Tia. Sie hatte schon lange auf eine Gelegenheit gewartet, ihren Sohn mal in andere Klamotten zu stecken, als in seine geliebten Post-Overalls. Immerhin war das Designen von Kleidung ihr liebstes Hobby, und so hatte sie ein Ensemble für die ganze Familie kreiert.

Nick trug eine Kombi aus Jacke im Militär-Stil und Shirt, Chino und Sneaker. Der Clou war, dass die Sachen aus einem Mix aus vier Materialien bestanden, die ineinander übergingen.

Sie selbst trug einen übergroßen Blazer, eine Bluse, Krawatte und Hose in diagonalem Design. Alles in Blau mit gelben Akzenten. Dazu eine poly-visuelle Brille mit einem blauen und einem gelben Glas.

Wenn sie durch die Brille sah, erhielt sie zu jedem Gast den Namen und weitere Informationen.

Sie nahm sich ein Glas von einem vorbeischwe-benden Kellner-Roboter. »Da vorne ist Chaynee Paramour, den findest du doch so gut. Lass uns ein bisschen mit ihm plaudern.«

Nick wollte schon gerne die Bekanntschaft mit dem berühmten Rennflieger machen, traute sich aber nicht. Also ließ er sich von seiner Mutter gerne dorthin schubsen. Umso mehr als er sah, wer sich gerade mit Chaynee unterhielt: Es war VarNa, die Pilotin der Technosophen.

Als sie näher kamen, musterte VarNa ihn. Von Nahem sah sie noch besser aus. Automatisch rich-tete sich Nick auf. »Hallo«, sagte er – leiser als gewollt.

»Hallo«, sagte VarNa. Sie trug Jacke und Rock, die alle paar Sekunden ihre Farbe änderten. Sie sah auf seine Kappe und lächelte.

Na toll, dachte Nick entmutigt. *Sie findet die Kappe lustig.*

»Guten Tag zusammen«, sagte Tia und stellte sich zu der Gruppe. »Ich bin Tia Ambrose. Dies ist Nick.«

Chaynee drehte sich zu ihr um. Viele hätten mit dem Seidencape lächerlich ausgesehen, aber er trug es mit der angemessenen Lässigkeit. Sein Hemd war weit aufgeknöpft, die Hosen bauschten sich wie Ballons. Er lächelte flüchtig. »Sie sind wer?«

»Ambrose. Pilotin der *Jig*.«

Chaynee schüttelte den Kopf, als würde ihm das nichts sagen.

Da beugte sich seine Begleiterin zu ihm. Nick erkannte Getnaa Skemour, ein Mitglied der Crew der *Feuerpfeil*. Sie flog schon seit Jahren mit Chaynee auf den verschiedensten Rennen. Auch sie trug bauschige Hosen, dazu ein Oberteil, das um sie herum gewickelt schien.

Getnaa sagte leise zu Chaynee. »Die Vorletzten.«

»Ach ja, der terranische Klipper«, sagte Chaynee. Man hörte ihm an, dass er nicht sonderlich interessiert war. »Dann gehört ihr zu den glücklichen drei.«

»Was meinst du damit?«, fragte Tia und nippte an ihrem Glas.

Getnaa stellte sich vor Tia. »Ihr habt euch nur wegen des Unfalls qualifiziert, der die Favoriten ausgeschaltet hat. Nur die *Feuerpfeil* und die *Sendel* waren schon vor dem Unfall unter den ersten fünf.«

Nick sah Getnaa erstaunt an. Sie stammte vom gleichen Volk wie Chaynee, und auch bei ihr verrieten die Ohren viel über ihre Gefühle; ihre waren von Nick und Tia abgewandt, als lohne sich nicht zu hören, was sie zu sagen hatten.

Sie hält uns für unfähige Nichtskönner, die nur durch Glück die Qualifikation geschafft haben, dachte Nick. *Und irgendwie hat sie auch recht.*

»Deswegen ist das Rennen jetzt so langweilig«, fügte Chaynee hinzu. »Der Djibril-Cup war bisher immer eine Rallye, in der sich die Besten miteinander gemessen haben. Und seht das Feld jetzt an: Fast nur Amateure.«

»Das wirkt sich schlecht auf die Quoten aus«, stimmte Getnaa ihm zu.

»Sie werden das Drama vermissen«, sagte Chaynee. »Und die großen Namen. Ich bin ja jetzt der Einzige mit einem Namen.«

Nick meinte: »Vielleicht freuen sich die Leute ja über ein paar Exoten. Ich meine: Die anderen Rennflieger kennt doch jeder, und jeder mag mal was Neues.«

»Nein«, sagte Getnaa überzeugt. »Wir haben in den letzten Jahren hart dafür gearbeitet, so bekannt zu werden – ebenso die anderen Profis. Wir wissen genau, was ein spannendes Rennen ausmacht und was wir den Fans schulden. Neuerungen müssen vorsichtig eingeführt werden, damit sie akzeptiert werden.«

Tia schüttelte den Kopf. »Immer das Gleiche ist doch langweilig. Okay, ich finde Raum-Rallyes auch spannend, aber das Besondere am Djibril-Cup ist doch, dass alle mitmachen können. Er ist kein Teil vom Rennzirkus, sondern eine Ausnahme. Und ich glaube ja: Die Leute stehen auf Außenseiter.«

»Junge, du verkennst die Realität«, sagte Chaynee mit selbstherrlichem Bedauern. »Die Konkurrenz ist nicht scharf genug, als dass sie während des ganzen Rennens fesseln wird. Schon beim nächsten Abschnitt werde ich einen dermaßen großen Vorsprung haben, dass das Ende klar ist.«

Nick schloss kurz die Augen. Er sah den Streit förmlich eskalieren. Tia ließ sich einiges sagen, lachte auch bei Witzen auf ihr Konto. Bei ihrer Pilotenehre verstand sie jedoch keinen Spaß.

Tia verzog das Gesicht. »Klar, ihr wart wirklich schnell und hattet noch dazu das Glück, nicht durch die Explosion zu fliegen. Denn hättet ihr durch sie fliegen müssen, wäre eure *Feuerpfeil* bestimmt in die Absperrung gedonnert – so wie all die anderen Profis auch.«

Bei dieser gewagten Unterstellung drehten sich Chaynees Ohren zu Tia. »Das wäre für uns kein Problem gewesen!«, behauptete er. »Nur Dilettanten wie ihr finden was Besonderes an so einer Lappalie.«

»Und warum hat es dann die anderen Rennflieger umgehauen?«

»Es hat sie in einem ungünstigen Moment überrascht.«

»Ungünstiger Moment – hör doch auf. Wir Kurierflieger haben mit sowas jeden Tag zu tun«, gab sie zurück. »Aber ihr seid doch nur gewohnt, auf markierten Strecken rumzudüsen, wo jedes Stäubchen für euch weggeräumt wird. Schnell fliegen kann jedes Kind. Auf das Unerwartete reagieren, dazu braucht es Könner.«

Getnaa verschränkte die Arme vor der Brust. Hochmütig blickte sie auf Tia herab, die einen Kopf kleiner als sie war. »Du glaubst, mir sagen zu können, wer ein Profi ist? Wir fliegen seit einem Jahrzehnt an der Spitze jedes Rennens mit.«

»Ja, aber auf eingezäunten Strecken. Wann seid ihr das letzte Mal durch ein nicht erschlossenes

Asteroidenfeld geflogen, oder einen unbekannten Schwerkraftstrudel?«

»Die *Feuerpfeil* würde damit spielend fertig.«

»Möglich. Und ihre Besatzung?«

»Jedenfalls brauchen wir kein Glück, um ein Rennen zu gewinnen.«

»Oh doch, bei diesem Cup werdet ihr es brauchen.«

Jetzt trat Chaynee Paramour an Tia heran. »Nein, werden wir nicht. Wir gewinnen ihn durch Können. Wieso gebt ihr nicht gleich auf?«

Tia trat ihm entgegen. »Das Gleiche wollte ich gerade euch vorschlagen.«

Vielleicht hätte Nick seiner Mutter beistehen sollen. Aber zum einen würde sie seinen Schutz nicht brauchen, zum anderen hatte er einfach keine Lust auf Streit. Sollten Chaynee und Getnaa doch von ihnen halten, was sie wollten, warum sich darüber so aufregen?

Deswegen wandte er sich ab und ging hinüber zu einem Stand mit lecker aussehenden Früchten. Er nahm sich eine Frucht, die wie eine Riesentraube aussah, und probierte sie. Sie schmeckte salzig und etwas nach Käse. Unerwartet.

»Hallo nochmal«, wurde er von der Seite angesprochen.

Als Nick sich umdrehte, stand VarNa vor ihm.

»Hallo.« *Sehr geistreich.*

»Willst du deiner Kollegin nicht helfen?«, fragte VarNa. »Sie steht eine gegen zwei.«

Nick schüttelte den Kopf. »Vor ein paar Tagen hat sie sich mit einer Kneipe voller Frachtflieger angelegt und ist heil rausgekommen. Sie hätten halt nicht ihr Können als Pilotin anzweifeln sollen.«

VarNa nahm sich auch eine der Früchte. »Chaynee glaubt, uns Neulingen alles erklären zu müssen. Mir hat er gerade erklärt, dass ich im Endspurt von den anderen Profis überholt worden wäre, wenn es die Karambolage nicht gegeben hätte.«

»Ein echt nerviger Typ.«

»Leider. Dennoch ein toller Flieger.«

»Auf jeden Fall.«

»Er ist den Parcours fehlerfrei geflogen und war dabei elegant. Deine Mutter flog schnörkellos und präzise. Zwei sehr unterschiedliche Flugstile. Ich werde mir die Manöver heute noch einmal genauer ansehen.«

»Wirst du jeden deiner Konkurrenten analysieren?«

»Sicher. Macht ihr das nicht?«

Nick kratzte sich am Nacken. Er grinste ertappt. »Ich lasse das gerade von unserem Schiffscomputer machen. Mom pfeift auf statistische Auswertungen.

Sie zieht einfach ihr Ding durch. Ich steh auf Auswertungen und das ganze Zeug.«

»Hört sie dir denn zu, wenn du was vorschlägst?«

»Bei uns an Bord hat jeder eine Stimme.«

VarNa warf einen schnellen Blick rüber zu Meister Qeng. »Bei uns sind die Aufgaben strikter geteilt. Na ja, solange mir niemand in die Steuerung greift, bin ich zufrieden.«

Nick war ihrem Blick gefolgt. »Wo ist eigentlich der Dritte eurer Besatzung?«

»Adept Yui ist für die Presse zuständig und gibt die Interviews. Bin froh, dass ich das nicht machen muss.«

»Kann ich auch drauf verzichten.« Beide lachten. Nick fand, VarNa hatte ein frisches Lachen, es gefiel ihm sehr.

VarNa zeigte auf seine Mütze. »Ist das die Mütze von Chefkanonier Raunacken?«

Jetzt hatte VarNa endgültig sein Herz erobert. »Du kennst Constant Time?«

»Klar, ist meine Lieblingsserie.«

»Meine auch. Und ja: Das ist seine Mütze. Na ja, eine Nachbildung halt.«

»Ich finde Raunacken klasse. Eigentlich fast besser als Kapitän Jenkins. Obwohl die Beste ist natürlich Delano!«

Dass die Pilotin ihre Favoritin ist, überrascht mich nicht, dachte Nick. »Raunacken sollte ja mal eine eigene Serie kriegen, wie er auf der Militärakademie war und dort rausgeflogen ist. Ist aber abgeblasen worden.«

»Vielleicht machen sie ja einen Film draus.«

»Das wäre was. Guck dir mal das an.« Er nahm die Mütze ab und zeigte VarNa die Rückseite.

VarNas Augen wurden riesig groß. »Ist das die Unterschrift von Emem Froissard?«

»Höchstpersönlich.« Stolz setzte Nick die Mütze wieder auf. Dann erzählte er in aller Länge die Geschichte, wie er den Schauspieler von Kanonier Raunacken während eines Expressflugs kennengelernt hatte.

VarNa lauschte gefesselt, wie es nur ein Nerd konnte.

*

Robin und ihr Vater blickten die lange Tafel des Buffets entlang. Robin murmelte: »Es gibt zwei Dinge im Universum, die alle intelligenten Wesen verbindet: Die Suche nach Gott und Fleischbällchen.«

Neben ihnen lachte Qeng blubbernd. »Wahr gesprochen. Zitierst du einen eurer Weisen?«

»Frei nach J. M. Straczynski.«

»Ein kluger Beobachter. Ich nehme die Fleischbällchen. Möchtest ihr auch welche?«

»Gerne«, sagte Robin. Es war zwar nicht ihr Lieblingsgericht, aber sie wollte unbedingt ein Gespräch mit dem Technosophen beginnen.

Harry hielt seinen Teller hin. »Sehr gerne. Mein Name ist Harald Ambrose.« Er stellte sich immer mit seinem ganzen Vornamen vor, wenn er Eindruck schinden wollte.

»Ich bin Robin. Robin Ambrose.«

»Qeng«, sagte der Qasaf und umgriff einen Servierlöffel mit seinem Tentakel. Er schaufelte Fleischbällchen auf ihre Teller, dann in seine eigene Schüssel. Jetzt, da sie ihm so nahe war, sah Robin, dass seine Haut nicht einfach blau war, sondern alle Schattierungen der Farbe aufwies. Er trug immer noch die wie Öl schimmernde Rüstung, die es ihm ermöglichte, aufrecht zu stehen.

Robin selbst trug ein gelbes knielanges Kleid, dazu blaue Stiefel, Strumpfhosen und Jäckchen.

Auch Harry trug die Farben der Postkuriere, wie alle anderen von der Crew der *Jig*. Für ihn hatte Tia einen blauen Anzug mit gelben Nadelstreifen und Revers entworfen.

Qeng sagte: »Das alle Völker Dinge miteinander teilen, ist beruhigend. Denn Egoismus ist für unsereins der Anfang vom Ende.«

»Mit der Gesellschaft zu Leben – welche Qual. Aber ohne sie zu leben – welche Katastrophe«, erwiderte Harry.

Robin war sich sicher, es war ein Zitat von Harrys Lieblingsautor: Oscar Wilde.

Wieder lachte Qeng blubbernd und Harry lächelte. Qeng sagte: »Ich bin froh, dass wir einen so bunten Haufen an Mitspielern haben. Versteht mich nicht falsch, dieser Unfall auf der Zielgeraden war schrecklich. Zum Glück ist ja niemandem etwas passiert. Jetzt seht euch um: Was für ein aufregender Mix an Charakteren.«

»Nicht die üblichen Verdächtigen«, sagte Harry.

Robin biss in ein Fleischbällchen und runzelte die Stirn. Es fehlte an Gewürzen und war zu trocken. Trotzdem aß sie ihn – sie wollte kein schlechter Gast sein.

Qeng sagte: »Ja. Chaynee ist der einzige Profi-Rennflieger in diesem Feld. Alle anderen sind Amateure. Das macht es nur umso interessanter.«

»Ein wirklich bunter Haufen«, stimmte Robin zu. »Man fragt sich, warum sie teilnehmen.«

»Und? Warum nehmt ihr Teil?«

»Wir haben mit einem anderen Kurier gewettet, wer schneller durch den Parcours ist. Und haben gewonnen.«

»Der andere Kurier ist auch hier?«, fragte Qeng und sah sich um. Da er keinen Hals besaß, drehte er nicht den Kopf, sondern tanzte mit dem ganzen Körper einen Kreis. Es war befremdlich anzusehen: Die Beintentakel schlängelten über den Boden, Rüstung und Kopf blieben unbeweglich wie bei einem Turm.

Robin wartete höflich, bis Qeng seine Drehung vollendete und sagte dann: »Er hat es nicht mal über die Ziellinie geschafft.«

Jetzt fragte Harry: »Und warum machen Sie mit, Meister Qeng?«

Qeng stupste Harry mit einem Armtentakel kameradschaftlich an. »Ich unterrichte dich nicht, also spar dir den Meister. Wir suchen Planeten, auf denen wir Abteien errichten können.«

»Es gibt sicher viele Planeten, die Abteien für Technosophen errichten würden.«

Qeng warf sich Fleischbällchen in den Schnabel. »In der Tat haben wir viele Angebote. Nur: Warum zur Miete wohnen, wenn man einen Planeten gewinnen kann? Und ihr? Ihr habt das Rennen gegen den anderen Kurier gewonnen – wieso macht ihr weiter?«

»Wir wollen sehen, wie weit wir kommen«, sagte Robin.

»Das nenne ich echten Sportsgeist.«

Harry war zu neugierig, um Qeng nicht weiter auszufragen. Robin verstand das gut, sie und ihr Vater teilten die Neugierde für andere Völker. *Wann hat man schon Gelegenheit, mit einem Arkanen am Buffet zu stehen?*

Harry fragte: »Wenn du einen Planeten für eine Abtei suchst, warum Urpajid? Er ist ein ausgebluteter Planet. Einhundert Jahre lang hat man ihn aufgerissen, alle wichtigen Ressourcen abgebaut. Die Natur ist weitgehend zerstört, die meisten Tiere ausgerottet und auch die Luft hochgradig verschmutzt. Nicht gerade ein schöner Ort, um dort zu leben.«

»Ja, die Djibril haben sich alles geholt, was sie verkaufen konnten. So wie es ihre Art ist: Das ausbeuten, was ihnen Geld einbringt und dann weiterziehen. Dabei machen sie sich nie die Hände schmutzig, sondern setzen Arbeiter ein, die für sie durch die Galaxis ziehen. Soweit ich weiß, betrieben auf Urpajid die Yaniks den Bergbau. Kennen Sie Yaniks?«

Harry kannte viele Völker, aber dieses sagte ihm nichts. »Nein.«

»Da geht es Ihnen wie vielen. Die Yaniks gehören zu jenen Völkern, die mit ungezügelter

Technik ihren Planeten unbewohnbar machten. Bevor ihre Raumfahrt weit genug war, damit sie den Heimatplaneten verlassen konnten. Da saßen sie also: dem Untergang nahe und kein Weg zu fliehen. Als die Djibril zu ihnen kamen und ihnen anboten, alle Yaniks auf ihren Raumschiffen ins All zu bringen, hatten die kaum eine Wahl. Seitdem arbeiten die Yaniks als Handlanger für Djibril. Sie werden überall eingesetzt, wo die Djibril sie brauchen, und verrichten Arbeiten, die kein anderer machen will. Zum Beispiel einen herrenlosen Planeten wie Urpajid auszubeuten. Und wenn sie mit ihrer Arbeit fertig sind, werden sie von den Djibril zum nächsten Planeten gebracht.«

»Galaktische Wanderarbeiter«, sagte Harry. »Diese Geschichte ist mir neu.«

»Die Djibril sind zwar an allen Medien im Sektor beteiligt – nur Nachrichten über ihre eigenen Angelegenheiten sind selten.«

Trotzdem wissen die Arkanen natürlich über die Djibril mehr als alle anderen, dachte Robin. *Sie müssen wirklich ein gutes Netz von Informanten haben.* »Sicher haben die Yaniks ihre Schuld bald abbezahlt.«

Qeng fixierte sie mit einem seiner Glubschaugen. Das andere sah sich im Raum um. »Die Yaniks sind jetzt seit sieben Generationen die Wanderarbeiter

190

der Djibril. Du willst wissen, wann ihre Schuld beglichen ist? Dann frage den Piloten Bronto Grumtz, er ist einer von ihnen.«

Robin sah sich um und fand Bronto Grumtz. »Wieso nicht? Bis später.«

*

»Urpajid ist von strategischem Wert, das haben wir den Djibril überzeugend dargelegt. Nur sind sie mehr an ihren Geschäften interessiert als an der Sicherheit des Kooperationssektors. Typisch für ihre Krämerseelen«, fügte Garula die Siebte hinzu.

»Kann man von Geschäftsleuten etwas anderes erwarten?«, hielt Sylvester dagegen. »Jeder sieht auf die Galaxis mit einem ganz eigenen Blick: Soldaten sehen Gefahren, Kaufleute sehen Geschäfte, Politiker sehen Kompromisse.«

»Sind Sie ein Politiker?«

»Ich bin nur der Koch.«

Haja wandte sich an Garula. »Nirgendwo lernt man über eine fremde Kultur mehr, als bei einem gemeinsamen Essen. Erst drucksen alle rum, dann probiert man vorsichtig, um am Ende Rezepte auszutauschen.«

Garula musterte Haja eingehend. Haja war eine Erscheinung in ihrem blaugelben, hautengen Paillettenkleid. Ihr Haar hatte sie zu einem Turm frisiert. Damit wirkte sie wie das genaue Gegenteil zu Garula, die ihre schlichte Uniform trug.

Garula sagte: »Eines unserer Sprichwörter lautet: Lass den Fremden zuerst kosten.«

»Wir sagen: Liebe geht durch den Magen«, erwiderte Haja lächelnd. Sie legte eine Hand auf Sylvesters Schultern. »Unser Zottel hat mit seinen Kreationen schon so manchen Streit geschlichtet.«

»Zuviel der Ehre«, sagte Sylvester bescheiden.

Haja fragte: »Ein Friedensbankett zwischen Luran und der Allianz der Unbesiegten, wäre das nicht ein guter Anfang?«

»Zum einen sind wir nicht miteinander im Krieg«, hielt Garula dagegen.

Sylvester meinte: »Sie misstrauen der Allianz. Soweit ich weiß, war Luran einst ebenfalls Mitglied der Allianz.«

Garula machte eine zustimmende Geste. »Deswegen wissen wir besser als alle anderen, dass man die Allianz immer beobachten muss. Wir haben uns vor zweihundert Jahren abgespalten, weil die Allianz immer gnadenloser gegen die Besiegten vorging. Seitdem schützen wir die Grenzen des Kooperationssektors zur Allianz. Erfolgreich – auch ohne sie zum Essen einzuladen.«

Sylvester nickte. »Wir alle sind froh, dass Sie so einen guten Job machen. Die Allianz ist ein Nachbar, den man nicht unerwartet im Wohnzimmer haben will. Falls sie sich doch mal an einen Tisch setzen wollen, wäre Urpajid praktisch, weil ganz in der Nähe.«

»Wir denken da eher an einen ständigen Beobachtungsposten, vielleicht sogar eine kleine Werft. Die Allianz fliegt immer wieder Übungsmanöver sehr nahe an der Grenze. Sie bauen Horchposten, die wir stören. Nicht zu vergessen die Flüchtlingsschiffe, die wir kontrollieren müssen. Wir stellen sicher, dass die Allianz keine Spione in ihnen versteckt.«

Haja biss sich auf die Unterlippe, fragte dann aber doch: »Bist du solche Abfangflüge schon selbst geflogen?«

»Regelmäßig. Reine Routine.«

»Und wie viele Spione hast du erwischt?«

Garula überlegte einen Moment. »Ich würde sagen, ich habe allein dieses Jahr zehn Schiffe zurück zur Allianz eskortiert, weil sie uns verdächtig vorkamen.«

»Wurden die Flüchtlinge erfasst?«

»Nein, solche Schiffe lassen wir gar nicht erst landen. Eine Vorsichtsmaßnahme.«

Haja versteifte sich. Sie ärgerte dieser kaltblütige Umgang mit Wesen, die alles aufgaben, um ein besseres Leben zu finden. »Nach dem Gesetz des Sektors haben alle das Recht auf Einreise.«

»Solange sie nicht Bürger eines anderen Reiches sind. Flüchtlinge sind immer noch Bewohner der Allianz der Unbesiegten, solange wir sie nicht im Sektor aufgenommen haben.«

»Wenn ihr ihre Schiffe sofort wieder fortschickt, haben die Flüchtlinge keine Chance sich zu erklären.«

»Mir ist dieses Dilemma durchaus bewusst«, sagte Garula. Ihre Stimme war die einer Lehrerin, die einem bockigen Kind etwas beibringen wollte. »Wir handeln im Rahmen der Sektor-Gesetze. Unser frühes Eingreifen ist von einer großen Mehrheit gewünscht, denn die Gefahr von Spionen und Terroristen ist real. Frag die Opfer eines solchen Anschlags, ob wir nicht noch härter bei der Auswahl sein sollten.«

Haja lag eine scharfe Antwort auf der Zunge.

Garula fuhr fort: »Um auf unsere Beteiligung am Cup zurückzukommen: Mit einer Basis auf Urpajid könnten wir Überprüfungen schneller und genauer ausführen. Gut möglich, dass dadurch mehr Flüchtlinge hier im Sektor aufgenommen würden.«

Haja schluckte ihren bissigen Kommentar herunter und sagte: »Das fände ich gut. Da hoffe ich fast, dass ihr gewinnt.«

»Ich wollte dich nicht beeinflussen«, sagte Garula hastig.

Haja winkte ab. »Keine Angst, Kommandantin, ich will dieses Rennen gewinnen. Und wenn wir erst mal auf Urpajid sitzen, lege ich ein gutes Wort für euch ein.«

Sylvester lüpfte seinen Strohhut. »Und ich koche was Leckeres.«

»Dieser Ausgang ist zwar unwahrscheinlich, die Einladung nehme ich dennoch gerne an.« Garula trat zur Seite und hob ihre Hand. »Dort kommt Chrisul. Das Interview ist wohl beendet.«

Sylvester sah über seine Schulter. Chrisul der Dritte kam zu ihnen. An seiner Seite schwebte ein silberner Pilzroboter.

»Warum hast du nicht das Interview gegeben?«, fragte Sylvester.

Garula antwortete: »Jeder hat seine Aufgabe zu erfüllen.«

Chrisul der Dritte trat zu ihnen. »Auftrag ausgeführt, Kommandantin.«

Garula nahm die Meldung mit einer Geste zur Kenntnis.

Der Roboter drehte sich zu Haja und Sylvester. »Ich suche einen Interviewpartner für Ihr Schiff. Möchten Sie unseren Zuschauern vielleicht etwas über Ihre Besatzung erzählen? Ihre Heimatwelt beschreiben? Anekdoten von Ihren vielen Flügen?«

»Nein, danke«, sagte Sylvester.

»Ich bin noch nicht mit dem Buffet fertig«, wehrte Haja ab.

»Aber«, meinte Sylvester, »frag am besten unsere Pilotin. Sie ist immer für einen Plausch zu haben und kennt die besten Geschichten.«

»Vielen Dank für Ihren Rat.« Damit schwebte der Roboter davon, um Tia zu interviewen.

Haja beugte sich an Sylvesters Ohr. »Hätten wir Tia nicht besser fragen sollen?«

»Wieso? Sie liebt es, allem und jedem ihre Meinung zu sagen.« Sylvester rieb sich die Hände. »So, jetzt stürze ich mich auf das Buffet.«

*

Nach einer Weile fand Robin Bronto Grumtz. Der Pilot der *Anasilk* saß abseits der anderen an einem kleinen Tisch und hatte die Beine auf einen Stuhl gelegt. Auf dem Tisch standen zwei Teller, auf denen sich Berge von Essen türmten.

Robin war neugierig auf den Yanik. Sie stellte sich vor den Tisch. »Hallo, ich bin Robin. Ist noch ein Platz frei?«

Bronto neigte seinen Kopf. Er schien sich in Zeitlupe zu bewegen. Als er einen Arm hob, wirkte die Bewegung ebenso träge. Ebenso langsam sprach er. »Nimm einen Stuhl. Bin Bronto.«

Da er seine Beine auf dem Stuhl vor ihr liegen ließ, suchte sie sich einen anderen. »Du bist ein gutes Rennen geflogen.«

»Hatte Glück.« Langsam nahm er sich eine Flasche vom Tisch.

Vielleicht muss man sich nicht schnell bewegen – mit vier Armen, dachte sie. Wieder zog sie einen Vergleich zu einem Wesen von der Erde. Bronto erinnerte sie an ein Faultier mit den trägen Bewegungen und wie er zusammengesunken auf dem Stuhl kauerte. Arme und Beine waren lang, der Torso dagegen klein. Sein Kopf lief spitz zur Nase hin zu, die Augen klein und dunkel unter dem buschigen Mittelscheitel. Er trug schwarz in schwarz: Jacke, Shirt, Hose und Stiefel.

Da Bronto das Gespräch nicht fortführte, fragte Robin: »Du warst nicht bei der Besprechung vorhin.«

»Musste was am Schiff reparieren. Habe es mir von meiner Kontrolleinheit erklären lassen.«

»Hat dich die Explosion erwischt?«

Bronto wiegte langsam den Kopf. »Leicht. Schiff hat schon paar Parseks drauf.«

Robin nickte verstehend. »Ja, unsere *Jig* könnte auch mal überholt werden. Wir sind übrigens wegen einer Wette dabei, und du?«

»Bin arbeitslos. Urpajid wird verlassen. Flog Fracht von Urpajid zu Djibril.«

»Ich glaube, du bist der einzige Solo-Flieger im Feld. Ist sicher viel Arbeit.«

»Ja.« Bronto beugte sich vor. Mit langen Fingern schob er das Essen auf den Tellern hin und her. »Viel Essen. Aber keine Chips.« Er sah auf. »Du bist Terranerin. Habt ihr Chips an Bord?«

Wie oft habe ich die Frage schon gehört? Das ist das Einzige, wofür die Erde in der ganzen Galaxis bekannt ist: Kartoffelchips!

Robin dachte an den Vorrat an Kartoffelchips, den ihre Eltern in einem sicheren Abteil aufbewahrten. So mancher Zollbeamter wickelte Formalitäten schneller ab, wenn eine Schüssel Chips auf dem Tisch stand. Sollte sie Bronto eine Tüte holen? Mom und Paps wären sicher nicht davon begeistert.

»Nein, tut mir leid.«

Bronto verzog den Mund und wählte eine kandierte Frucht.

Robin fragte: »Wenn die Djibril Urpajid aufgeben, wo ziehen die Yanik dann hin?«

Die beiden unteren Arme stemmten sich in die Hüften und Bronto kniff die Augen zusammen.

Hat ihn meine Frage wütend gemacht, fragte sich Robin.

»Dorthin«, sagte Bronto, »wohin uns die Merkantile Majestät holt.«

»Ihr wisst es noch nicht? Ich meine, Urpajid steht als Preis fest. Die Djibril lassen ihn doch schon evakuieren, oder?«

»Leben jetzt in Schiffen. Bis Ziel feststeht.«

»Ihr könnt doch bestimmt mitreden.«

Träge drehte Bronto den Kopf. Eine Weile musterte er sie. »Nein.«

Robin kannte das Leben einer Nomadin. Sie lebte in einem Kurierschiff, immer unterwegs zwischen den Sternen. Nur bestimmten ihre Eltern, wann und wohin sie flogen. Sie hatten die Freiheit, ihre Touren selbst zu wählen und die *Jig* war ihr Zuhause, auf ihr hatte jeder seinen Platz.

Das Leben der Yanik klang dagegen völlig fremdbestimmt. Sie mussten auf die Entscheidungen der Djibril warten. Ob sie so etwas wie Heimat überhaupt kannten?

Sie fragte: »Wieso sucht ihr euch keine anderen Jobs? Die Djibril sind nicht die einzigen Arbeitgeber.«

»Werde eigener Kapitän mit Gewinn aus Cup.«

Robin nickte. »Wir kriegen nette Summen, selbst wenn wir nicht gewinnen.«

In diesem Augenblick ertönte ein lauter Gong. »Darf ich um Ihre geschätzte Aufmerksamkeit bitten!«, ertönte eine Stimme aus der Mitte des Saals.

Robin drehte sich um. An der Decke schwebte der weiße, große Pilzroboter, der die Regeln des Cups erklärt hatte, der Zeremonienmeister. Die Anwesenden lauschten ihm.

»Alle Schiffe haben die Fracht für die erste Aufgabe erhalten. Alle Systeme sind funktionsfähig. Ihre Kontroll-Ordonanzen erwarten sie auf Ihren Schiffen. Auf gutes Gelingen.«

Wieder ertönte der Gong.

Robin stand auf. »Tja, es geht wieder los.«

Sie drehte sich um und machte große Augen. Bronto erhob sich aus dem Stuhl, richtete sich auf und wurde immer größer und größer. Als er aufrecht stand, überragte er Robin um fast drei Köpfe.

Mit seinen unteren Händen griff er sich die Teller mit dem Essen. Mit der dritten zwei volle Flaschen.

Robin streckte ihm die Hand entgegen. »Auf ein gutes Rennen.«

Bronto ergriff ihre Hand. »Gutes Rennen.«

*

»Wut im Bauch ist schlecht für die Verdauung«, mahnte Haja. Sie sah ihrer Freundin zu, die ein Dessert nach dem nächsten vom Tisch hob, schnaubte und es wieder zurückstellte.

»Ich würde die Wut ja gerne rausschreien, doch das wäre wohl unpassend.« Das letzte Wort knirschte Tia zwischen ihren Zähnen hervor.

Haja nahm eine Frucht ähnlich einer Karotte vom Buffet und reichte sie Tia. »Das hier lässt sich gut zermahlen, das lockert die Kiefer. Was ist denn passiert?«

»Getnaa und Chaynee sind passiert. Diese aufgeblasenen Hochstapler, die denken, sie wären das Größte, was das Universum je zustande gebracht hat. Dilettanten haben sie uns genannt und gesagt, wir wären nur wegen der Explosion ins Ziel gekommen.«

»Echt?«

»Na ja, zumindest haben wir uns nur deswegen qualifiziert.«

»Womit sie ja eigentlich recht haben.«

Tia schoss einen giftigen Blick auf ihre beste Freundin ab und rammte ihre Zähne durch die Fast-Karotte, das es nur so knackte.

»Immerhin haben wir keinen Unfall gebaut«, lenkte Haja ein.

»Beben, dab haben diebe ab so dollen Buperflieber gamb allein gebafft.«

Haja legte den Kopf schräg und strich sich das Haar hinter die Ohren. »Wie bitte, Liebes?«

Tia mahlte noch eine Weile auf der Frucht herum, schluckte und sagte: »Den Unfall haben diese ach so tollen Superflieger ganz allein geschafft. Mag sein, dass sie schneller waren als wir – nur sind wir heil im Ziel angekommen. Das zählt doch, oder?«

»Und wie das zählt.« Haja machte eine große Geste. »Wir stehen am Buffet, und die in der Werkstatt.«

»Genau.« Tia schüttelte den Kopf. »Im Teleholo wirken Chaynee und Getnaa immer so entspannt, so umgänglich und fair. Aber das sind echte Snobs. Ob die zu jedem so sind?«

Haja zwirbelte ihren Bart und studierte die Leckereien. »Man sieht immer nur die beiden, sonst kennt man von der Crew niemanden.«

»Wahrscheinlich sperren die beiden jeden anderen im Schiff ein, damit ihnen keiner in die Parade fährt«, sagte Tia. »Warum man wohl mit denen auf einem Schiff arbeitet?«

»Das Geld ist gut.«

Tia sah zu Haja. »Wahrscheinlich. Aber das kann doch nicht alles sein.«

»Es ist sehr gut.«

Doch war diese Antwort nicht von Haja gekommen. Stattdessen wies diese hinter Tia, zu der eigentlichen Sprecherin.

Tia drehte sich um.

Neben ihr stand eine Squatin. Ihre vier Augen mit den roten Liedern waren auf gleicher Höhe wie Tias. Das Gesicht wurde dominiert von einem großen Schnabel. Zwei in sich gedrehte Hörner, ähnlich denen eines Widders, wuchsen aus den Schläfen und waren die Ohren der Squatin. Regenbogenbunte Federn wuchsen vom Hinterkopf den langen Hals hinab bis zum Nacken. Sie hatte zwei Beine und Arme. Sie trug Handschuhe und eine Weste in orangegelb, dazu Rock und Stiefel mit grünem Schuppenmuster.

Tias Brille erkannte die Sprecherin und identifizierte sie als Spiff Lifnich, die Astrogatorin der *Feuerpfeil*.

Haja schloss einen Moment die Augen – sie mochte keine unangenehmen Momente.

Tia war da anders. Sie fragte Spiff: »Wie ist es, unter einem Egomanen zu arbeiten?«

»Gewinnbringend«, sagte Spiff.

»Klingt nicht nach Spaß«, sagte Tia.

»Es ist ein Job – wie Post herumzufliegen«, erwiderte Spiff.

Tia kniff die Augen zusammen, dann lächelte sie. Sie reichte ihrer Gegenüber die Hand. »Tia Ambrose, raumfahrende Motztante.«

»Spiff Lifnich, geldgeile Renn-Materialistin. Und ich dachte, du wärst zum Spaß hier und nicht, um verdiente Rennfahrer zu beschimpfen.«

»Man kann mit beidem Spaß haben.« Tia sah kurz über ihre Schulter. »Hinter meiner Schulter versteckt sich meine beste Freundin und Ingenieurin der *Jig*: Haja.«

Haja trat an Tia vorbei und reichte Spiff die Hand. »Ich freu mich, dich kennzulernen. Hoffentlich haben wir alle eine gute Zeit.«

Spiffs vier Augen blinzelten reihum. Dann riss sie ihren Schnabel auf und krächzte. »Ja, das vergisst man so schnell. Man könnte auch einfach mal Spaß haben an einem Rennen.« Spiff musterte sie mit einer ehrlichen Offenheit. »Ihr seid die ersten Terraner, die an einem der acht großen Rennen teilnehmen.«

»Eigentlich tun wir das nur, weil wir eine Wette mit einem anderen Kurier hatten.«

Spiff schüttelte den Kopf. »Ihr seid nicht wegen des Preisgeldes gestartet?«

»Dem Planeten?«, sagte Haja. »Wir wissen nicht mal, was wir mit ihm anfangen würden.«

Wieder krächzte Spiff. »Chaynee und Gatnee haben schon Verträge mit ein paar Konzernen abgeschlossen, die Urpajid in einen großen Vergnügungspark umbauen lassen wollen. So mit Abenteuerspielplätzen und all dem Kram. Die werden königlich daran verdienen.«

Tia fragte: »Ist die Crew daran beteiligt?«

Spiff kratzte an einem der Hörner. »Nur an der Siegprämie, nicht an den Verträgen.«

»Ist das fair?«, fragte Tia.

Spiff wiegte den Kopf. »Es ist ein gutes Geschäft, die Prämie ist hoch. Ich persönlich brauche keinen Planeten. Wieso wisst ihr nichts mit dem Planeten anzufangen? Euer Volk hat doch gerade mal einen.«

»Zwei«, korrigierte Tia. »Terra und Modesty.«

»Das ist nicht viel.«

»Auf wie vielen Planeten leben die Squata?«

»Elf.«

Tia zuckte mit den Schultern. »Viele Terraner denken, wir hätten Terra nie verlassen sollen. Oder dass wir auf Terra zurückkehren sollten.«

»Es gibt einige Völker, die das getan haben.«

»Welche?«

»Keiner erinnert sich.«

Jetzt musste Tia lachen.

Da trat Getnaa Skemour zu den dreien. Ihre Ohren waren steil aufgerichtet und die Backenhaare zitterten. Ohne Tia oder Haja eines Blickes zu würdigen, trat sie vor die Astrogatorin der *Feuerpfeil*. »Spiff«, sagte sie scharf, »du musst noch Berechnungen für unseren Kurs bei der nächsten Etappe vornehmen.«

»Ich unterhalte mich gerade«, gab Spiff zurück.

»Das duldet keinen Aufschub«, gab Getnaa zurück.

Spiffs Schnabel schabte leise, als sie den Unterkiefer von links nach rechts schob.

»Es wird Zeit«, drängte Getnaa.

»Okay, ich gehe schon. Tia, Haja – wir sehen uns auf Trejir.« Spiff hob eine Hand zum Abschiedsgruß.

»Sicher«, sagte Tia. »Wir halten euch einen Platz frei.«

Jetzt sah Getnaa sie doch an.

Tia erwiderte die Giftpfeile in ihren Augen mit einem kalten Lächeln.

Sie glaubte, Spiff leise krächzen zu hören.

*

Kontroll-Ordonanz-Einheit 4711 schwebte durch den leeren Kielgang der *Jig*. Immer wieder überprüfte sie über die angebrachten Kameras, ob jemand sie sah – sie war allein.

Sie erreichte den Frachtraum und flog direkt auf die Zooeinheit zu. Einen Meter vor dem Quader blieb die Einheit in der Luft stehen. Noch einmal überprüfte sie alle Kameras.

Dann öffnete die Einheit die Klappe, aus der eine Antenne fuhr. Einen Moment später, leuchtete das Bedienfeld der Zooeinheit grün. Auf ihm erschienen Zahlen: Datum und Uhrzeit.

Das Bedienfeld blinkte zweimal orange auf. Die Eingabe war bestätigt.

Die Kontroll-Ordonanz-Einheit 4711 funkte der Zentrale den Vollzug ihres Auftrags. Weitere Anweisungen erhielt sie nicht. Also zog sie die Antenne zurück und verschloss die Klappe.

Sie drehte Richtung Kielgang – und verharrte. Dort, am Eingang in den Frachtraum, stand Nelson, der kleine Service-Roboter.

»Was tust du?«, fragte Nelson.

»Ich überprüfe, ob die Zooeinheit regelkonform funktioniert. Sollte dies nicht der Fall sein, könnte dies zur Disqualifikation der *Jig* führen.«

Jetzt rollte Nelson in den Frachtraum und stellte sich neben die schwebende Kontroll-Ordonanz-Einheit. Reglos wartete die ab.

Nach einer Weile, sagte Nelson: »Ich erkenne keine Veränderung seit der Anlieferung.«

»Bist du mit der Bedienung der Zooeinheit vertraut?«

»Nein.«

»Dann empfehle ich dir, sie nicht bedienen zu wollen.«

Nelson drehte sich zur Kontroll-Ordonanz-Einheit 4711 herum, die weit über ihm aufragte. Schweigend standen sich die beiden Roboter gegenüber.

»Es ist alles in Ordnung?«, fragte Nelson.

»Wie vorgesehen.«

»Gut.« Nelson rollte in Richtung Heck davon.

Lautlos wie sie gekommen war, verließ die Kontroll-Ordonanz-Einheit den Frachtraum.

Die Falle war gestellt.

Fortsetzung folgt ...